U0609706

宽

袁劲梅／著

广

的

自

由

天津出版传媒集团

百花文艺出版社

图书在版编目（CIP）数据

宽广的自由 / 袁劲梅著. -- 天津：百花文艺出版社, 2017.3
ISBN 978-7-5306-7141-2

Ⅰ. ①宽… Ⅱ. ①袁… Ⅲ. ①散文集-中国-当代 Ⅳ. ①I267

中国版本图书馆 CIP 数据核字(2017)第 072488 号

本书中图片,除明确标注外,均为作者摄影。

选题策划:董兆林　刘　洁

责任编辑:刘　洁　　　　　　　　　**整体设计:**任　彦

出版人:李勃洋
出版发行:百花文艺出版社
地址:天津市和平区西康路 35 号　　**邮编:**300051
电话传真:　+86-22-23332651（发行部）
　　　　　　　+86-22-23332656（总编室）
　　　　　　　+86-22-23332478（邮购部）
主页:http://www.baihuawenyi.com
印刷:天津新华二印刷有限公司
开本:787×1092 毫米　　1/32
字数:122 千字
印张:7.375
版次:2017 年 3 月第 1 版
印次:2017 年 3 月第 1 次印刷
定价:38.00 元

目录

好人篇

● 好人篇

好人还是很多的。他们的存在本身就是人性的希望。

宽广的自由

药蔷镇

　　有一种花叫芍药，还有一种花叫蔷薇。这个小镇的人取了"芍药"的"药"和"蔷薇"的"蔷"来做小镇的名字。把这名字叫上几回，似乎就有一丝暗香从远处飘忽而来，很细，没有功利。可以说有，也可以忽略不计。也就是一种心理感应吧。可人的心理活动却常常是那么奇怪，药蔷镇的产生和生长就是一些心理反应的结果。

　　药蔷镇很小，沉在美国西部的大草原里，小得就像掉进大海里的一朵芍药或者蔷薇。浪高的时候，漂起来闪一下，浪低的时候，沉得无影无踪。但她的故事却是在海上吹着的风。大车小车只要从药蔷镇路过，车里的大人都会把药蔷镇的故事讲给车里的小孩子听，药蔷镇的故事就被吹得很远，传得很久……

　　药蔷镇本来不是一个镇。是一家杂货店。这家杂货店开在前不着村，后不着店的荒原上。小小的，不起眼，也没有生意。没有人知道为什么店主人会想起来在这片荒原上开这么一个杂货店。后来,连店主人也觉得自己是发了疯,居然会跑到这个鬼地方来开店。于是,店主人就决定把杂货点卖掉,走人。店卖了一年也没有人来买。没有第二个人愿意接这个赔本的杂货店。店主人是决心要把这个杂货店卖掉了。他不想再待在这个乏味的荒原上了。他想,哪怕是白送,这个店我也不要了。于是,第二天,店主人就在对着公路的墙上挂起了一个大招牌。上面写着:"白送饮水"。

牌子挂出去了之后,杂货店的生意突然好了起来。来往的马车,牛车都纷纷在这里停下来饮水。杂货店里长年卖不出去的东西很快就卖掉了。店主人很高兴,也不卖店了。不仅如此,这个杂货店越来越发展,发展了一百年,从一家杂货店变成了药蔷镇。药蔷镇的人继承了老杂货店"白送饮水"的传统,有旅客路过小镇,他们都要给旅客一些白送的东西。药蔷镇的人把东西白送给过路人的时候,脸上总是笑嘻嘻的。好像是在满足一个嗜好。

药蔷镇人的这种嗜好,很快就得到了充分的满足。一个叫老毛的中国人发现了药蔷镇人的嗜好。老毛和两个朋友无意间来到药蔷镇投宿。三个人住一间屋太挤,住两间屋得多花钱。老毛和旅店主人交涉,旅店主人看老毛面有难色,犹豫不决,就白送了他们一夜的房钱,给了老毛两间屋，只收了老毛一间的钱。老毛顿时高兴无比。两个朋友是他请来的客人，现在客人住得舒服了，老毛有面子了。老毛并没多花钱，倒显得很大方。老毛对两个朋友说："这个店主我认识，是我朋友的朋友。所以对我们特别照顾。"朋友信以为真，以为是老毛的面子。面子是有功利作用了，他们承了老毛的情，以后他们会回报老毛的，这一点他们三人都知道。

离开了药蕾镇，老毛回到自己住的城里，见了朋友就把药蕾镇的好处讲给人家听。老毛不信教，但他时常到教会去转转。转转的目的也不是为了听布道，求灵魂安宁。是为了在教会吃顿白食。吃白食的时候，是老毛吹牛皮的好机会。老毛一副诚恳无比的样子，推推这个，耸耸那个，问人家出去旅行不？要不要他帮助？他有朋友开旅店，只要报他的名字，人家就给你免费住宿。这样，老毛前前后后给药蕾镇介绍去了许多中国老乡。最多的时候，一天能有八个中国人在小小的药蕾镇上转悠，吃饭，住宿，拿那份白给的好处。就像药蕾镇的人有"白给"的嗜好一样，老毛介绍去的中国老乡有"白拿"的嗜好。双方互相满足，一个愿给，一个愿拿。药蕾镇的人白给了之后，会笑眯眯地想："嘿，客人多，生意兴隆。"老毛介绍去的老乡白拿了之后，也会窃窃暗笑："嘿，居然还有这种便宜事，赚了一把。"

后来去药蕌镇的中国人多了，老毛居然一下决心，搬到药蕌镇去了，在药蕌镇短短的一条小街上盘下一家饭店，开起了中国餐馆。老毛本来的想法是：去药蕌镇的中国人很多，在这里开一家中国餐馆肯定赚钱。可中国餐馆才一开张，老毛马上就碰到了问题：他的店要不要实行药蕌镇的传统文化——"白给"。老毛心里极不情愿白给。哪一样东西不是花钱买的？"白给"，老毛心疼。老毛决定破了这个规矩。

老毛万万没想到因为他不愿"白给"，他被旁边一家店的老板告到了镇政府。镇政府按照偷税漏税罚了老毛一家伙。老毛这才捏着鼻子给顾客加上一小盘免费的豆芽菜。

给了一阵子免费豆芽菜，老毛心里似乎明白了一个道理：药蕌镇人的"白给"，想要做的是长久生意，他们心里计划着将来的时候很多；中国人喜欢"白拿"，想得到的是眼前利益，他们心里没有计划，过一天，捞一天。他老毛现在是在夹缝里。心里想要的是眼前利益，可行动上却被药蕌镇的人逼着，为那看不见的将来谋利益。只因处在夹缝里，他老毛才不得不循着人家的老规矩办。老毛只想感受那种得到眼前利益时的快感，他还不能体会药蕌镇人的那种为明天付出所带来的安全感。

不过，后来听传说，老毛的餐馆开了五年之后也在门口挂上了一个牌子："白给宫保鸡丁"。有人说老毛长得心宽体胖,脸上的笑容跟药蔷镇本地人差不多。

原来,快乐可以有很多种,大大小小都不过是一种心理感受。"白拿"换来的心理感受是窃窃暗喜,"白给"换来的心理感受是药蔷镇人的笑容。

二桐

二桐原来的名字叫"二桶"。他姐姐的名字叫"大水"。他爹妈顺着"水"字叫下来,他就成了"二桶"。"二桶"爹妈是黑彝,黑彝是山里人,山里人见什么就叫孩子什么,没城里人那么多讲究。不都是活吗?取个贱一点的名字,好活。"二桶"顺顺当当地活到了二十岁。当了村里的小学教师。有了点文化,"二桶"就自己把名字改得文雅了,就成了二桐。成了"二桐"后,他又顺顺当当地教了八年书。八年里,二桐每年都有十来个学生,都是黑彝的孩子。六年级的走了,一年级的又进来。村里人给搭的一间教室,趴在坡子上。孩子们进进出出,从来没宽畅过,也没太挤过。倒是坡子上那棵挂钟的旱柳树,八年里蓬勃了许多。夏天一到,无数个尖尖的柳叶像许许多多咿得嘎巴响的小绿舌头,贪婪地舔着小风,舔着露水,舔着永远过不到头的日子。

这不才说日子过不到头吗?就有孩子问二桐:要是

二桐

来了就是客人，
二桐叫小孩子们表演节目给洋大学生看。
孩子们先是扭扭捏捏，
后来就高一声低一声唱了一首小燕子歌。

（摄影：Eugene Selk）

校长何建平
....
山里的每一间教室就像一只小船，载着一船孩子往山外划，
有些孩子们爬上了一只大船，接着往山外划。

（摄影：Eugene Selk）

日子过到头了会怎么样？二桐说，日子过到头了，还和现在一样：小孩子上学，放羊，大人种田，吃饭。又有孩子说，这叫啥过到头？还没有到头哩。二桐说，那你们说什么是过到头呀。小孩子说，日子过到头就是过年。大人啃猪头，小孩子穿新衣服。二桐说，难怪你们想把日子过到头哩，你们想天天过年。小孩子们都笑了，一窝蜂跑出教室，课间休息了。

小孩子们才出去没一会儿，有两个男孩儿就一头又冲了回来。回来了也不说话，光是涨红了脸笑，紧接着小孩子们都跑回来了，或是涨红了脸笑，或是往二桐身后躲。二桐问：怎么啦，日子过到头啦？一个个慌里慌张的。有几个胆大的小孩子指着门外说：来人了，来人了。二桐头一抬，看见矮矮的门口站着十来个黄头发、蓝眼睛的洋人。二桐一惊，赶忙摸过头帕戴上，又一把拉了一下身边一个男孩短了半截的衣襟，想把他黑黑的小肚皮遮上。这是二桐和他的学生们生平第一次看见真洋人。

洋人们也看着他笑。有一个洋女孩儿来和二桐握手，蓝眼睛像两朵蓝牵牛花，盛着笑盈盈的露水。二桐不知所措。洋女孩儿就笑得大发了，两朵"蓝牵牛花"弯成两个细细的蓝月牙儿，"蓝月牙儿"会说话，像风铃，别人听不懂，只有风懂。二桐觉得自己成了风，满衣襟胀得鼓鼓的，"风铃"声就真响了。洋女孩儿对他说起普通话。她问二桐,能不能在小学的厕所里方便一下。二桐说,学校没有厕所,学生们都是在草棵子里撒尿。二桐房间后面倒是有个茅坑,二桐并不喜欢,他只在茅坑里拉屎,撒尿也都是在草棵子里。洋女孩儿把二桐的话一翻译,洋人们就笑。也不再提上厕所的事了,都挤进矮小的教室看二桐上课。二桐安排一年级的写字,二年级的读书,三年级的写黑板报,四年级、五年级的考试,六年级的陪洋人聊天。小小的教室里一下子挤得热火朝天。

洋人都是些美国的大学生,到香格里拉去玩,路过这山坡下的公路,就这么碰巧上来了。来了就是客人,二桐叫小孩子们不做作业了,表演节目给洋大学生看。孩子们先是扭扭捏捏,后来就高一声低一声唱了一首小燕子歌。洋大学生们叽咕了一下,也唱了一个"老麦当劳有个农场"。唱了一边,又指挥小孩们学着农场里的马叫、牛叫、猪叫。小孩子们高兴极了。二桐也高兴。

玩了一会儿,洋大学生要走了。那个会说中文的漂亮洋女孩儿跟洋大学生们又叽咕了几句,洋大学生们就往外掏钱,丢在她的草帽里。漂亮洋女孩儿把钱数了,有一百多美元,合着是一千多人民币。洋女孩儿笑眯眯地把钱交给二桐,说:这是我们捐给孩子们上学的,收下吧。二桐接过钱的时候手直发抖。他说:这么多。我们三年的教育经费才能得这么多呀!洋女孩儿流眼泪了。她把二桐的话翻译给洋大学生们听,他们也哭了。于是小孩子们也哭了,叫着:你们从香格里拉回来的时候,一定还要在我们这里停一下。二桐也说:回来的时候一定要停一下。

洋大学生回来的那天,二桐和孩子们都穿上过年的衣服,从一早就在坡上等着。村里人也都戴上新头帕,穿上节日的衣服在村里等着。从早上等到傍晚,洋大学生们真的回来了。村里人点起篝火,洋大学生们牵着小孩子们的手唱呀跳呀,喝村里人敬的米酒。

半年以后,二桐给那个会说中文的洋女孩儿写了一封信。他说:从你们走以后,我感觉孩子们变了。他们有了许多新梦,除了等着过年,他们还等着你们再来,等着长大了去看你们。我用你们给的钱给每个孩子买了铅笔和本子,还给他们买了新衣服。孩子们天天看着这些礼物,就高兴得像过年一样。我感谢你们,让我的孩子们天天都过年。

几个月后,二桐收到了一箱漂亮的洋图画书。还有那个漂亮洋女孩儿的回信。信里说:我们也感谢你们,你和你的孩子们让我们懂得了原来像铅笔和本子这样小小的东西,也可以是那么巨大的快乐。我们可以得到许多铅笔和本子,却没有感到过你的孩子们的那种过年般的快乐。我们羡慕你们。

看了信,二桐突然懂了为什么取个贱名字,好活。

校长何建平

我不知道何建平是谁。何建平来的时候穿着一件略大的旧西装,脸肿着。一笑,嘴角上露出两个酒窝,肿着的那边小一点。何建平很瘦,他不太好意思和女人握手。他站在一边,只是笑着。我走过去和他握手,问:"你就是……?"他这才说:"我是宝山小学的校长何建平。"说完又憨厚地加了一句:"盐吃多了。牙肿了。不好意思。"

男人长酒窝会有女人气。何建平的酒窝一边大一边小,倒把那女人气变成了一种稚气,使他显得比他的那套旧西装年轻。"我今年二十六岁。教了六年书,当校长才一年。"他说这些话的时候,一副谦虚谨慎的样子。"你们来,我们真高兴。我们这里没来过外国人。"说着,搓搓手,然后就不知道把手往哪里放了。

何建平说的外国人是我的十五个美国学生。我写过一个彝族山村小学的故事,我的十五个学生都读过。所以我们到中国来交流的时候,他们都愿意到这个彝族山村小学去看看。我的那个故事是编的,只有地点用的是真名。那个小学是何建平校长管辖下的一间教室,叫"宝山村小",在离香格里拉不远的深山里。其实,我也没去过那个山村,编那故事的时候,我在教室门前想象出一棵老柳树,在教室后面想象出一个茅坑。这两件东西在真的"宝山村小"是没有的。何建平说,知道你们要来,"宝山完小"的孩子送给"宝山村小"一点钱,让他们在教室周围造了一堵土墙。何建平反复说:"土墙是新的。你们去了就能看到。"好像那土墙是他们骄傲的"万里长城"。

我和我的学生并没有对土墙感兴趣。我们倒是问了不少"宝山完小"和"宝山村小"是怎么回事。它们是什么关系。何建平说:"我们这里有几百座大山。我家就住在卡巴雪山上。正对着玉龙雪山。"他用手指给我们看玉龙雪山。玉龙雪山的尖顶从一圈厚重的紫云里冒出来,像是浮在空中的一颗大钻石,有棱有角,不同的面闪着色彩无常的光。那时候,太阳正在玉龙雪山的对面,远远地和玉龙雪山玩着千年不散的皮影戏。何建平逆着阳光立着,像是这出皮影戏里的一个小配角。何建平知道自己的角色。他说:"从这丽江城里,你们看不到卡巴雪山,其他几百座山你们也看不到。我们就住在山里,是山里人。每一座山里都有彝族、纳西族或白族的村庄。这些山村的孩子,都是属于我的宝山小学。每一个村庄里有一间教室,教一到四年级的孩子,这就是'村小'。孩子到了四年级,能干农活了,很多家长就不让他们上学了,还有愿意上学的孩子就全集中到山脚下的'宝山完小'。他们是五到六年级的孩子。他们全部住校。自己烧饭,自己洗衣,自己捡柴。我是所有'村小'和'完小'学生的校长。"

原来,何建平的校园遍及几百座大山。山里的每一间教室就像一只小船,载着一船孩子往山外划,划到他的"完小",有些孩子们就爬上了一只大船,再接着往山外划。这只大船像一艘旗舰,何建平就在这艘旗舰上当舰长。我把这话儿告诉何建平。何建平苦笑笑,说:"我除了当'舰长',还当'侦探',当'救生员'。 我得时时侦察哪个'村小'或'完小'的孩子被家长悄悄带回去了,我还得翻山越岭,苦口婆心说服家长,让我把这些孩子救上船来。每个星期,至少有一天我得进山找学生。而且,我们的船也未必就想划到山外,山里人没有野心。只是教孩子们文化罢了。"

山里的故事原来和城里的故事不一样。美国学生们大大咧咧地请何建平一起去吃晚饭。那晚,我们住在丽江。何建平是专门从山里跑到丽江来接我们的。他来的时候搭的是早班长途汽车,他到的时候是晚上六点。他在离我们宾馆不远的一家小客栈住宿。小客栈不供食水。在餐桌上，何建平小心翼翼地吃了两块鸡，就放下了。像犯了罪一样，低着头，推说牙疼，只吃白饭。

吃完晚饭，我的美国学生拉何建平和他们一起去逛丽江古城。何建平依然以牙疼为借口，推辞不去。洋学生们在丽江古城玩到半夜。古城里一间挨一间的青瓦小店铺，灯火阑珊，非常聪明地把古朴变成了金钱。我和学生们沿着小河边的青砖路走，挤挤扎扎。像走进了一幅立体的《清明上河图》。我们在一个酒吧里喝咖啡，在另一个酒吧里唱情歌。莲花灯也点了几盏，放到细溜溜的古城河里去了。丽江古城是一粒刻意仿古的活化石，在这种暖风吹得游人醉的地方，校长何建平就被我们暂时忘了。繁华和某些人似乎是格格不入的，何建平虽穿了西装，可任我怎么想象，也想象不出一个位置，可以把他加进丽江这幅《清明上河图》里来。

第二天，何建平准时出现在我们住的宾馆大厅。来领我们进山去看那个我写到故事里去的彝族小学，即，他所辖的"宝山村小"。我们的车从早上一直开到中午。何建平不停地对我说："能不能先在山脚下的'宝山完小'停十分钟。让我们五六年级的大孩子也见见外国人。"我没立刻答应，何建平就改说："山里的'村小'没有茅房，应该让你的洋学生先在'完小'上了厕所再上山。"我立刻就答应了。

可惜我的洋学生最终没有一个上了他的"宝山完小"厕所。那厕所是半截土墙围着的两个小方块。连屋顶都没有。教室比那厕所好一点，有房顶。每个教室里还有一个泥拍的方火炉，想是冬天取暖用的。孩子们的宿舍挨着教室，矮小黑暗，十几张小双人床沿墙排着，中间是堆得像座小山似的木柴，也是准备冬天用的。这就是校长何建平的"旗舰"？

不过"完小"的孩子们倒是可爱至极。他们正在自己做午饭。看见我们，立刻全跑到院子里来了。挥着黑乎乎的小手，欢呼雀跃。饭也不管了。我很快发现不少孩子牙也肿着。问他们怎么回事，孩子们也回答："盐吃多了。"我奇怪地问何建平，"怎么你牙肿也能教给学生？"何建平说："孩子们的生活费是二十五元人民币一个月。一个星期买一次菜，菜只够吃到星期三。星期四到星期六孩子们只能吃白饭就咸盐。盐吃多了牙就肿。"我的洋学生听了这话，张着嘴说不出话来。过了半天，一个美国学生说："我不该每天喝咖啡。我一杯咖啡就是一个孩子一个月的饭钱！"何建平说："这些孩子的生活已经不错啦。一天有三顿饭吃。我读'完小'的时候，一天只有两顿饭吃。"

生活好坏的标准可以如此因人而异。也许，这就是为什么有些大城市里的文化人可以大把大把地将科研经费、教育经费挥霍在餐桌上,而不觉得愧疚。也许,这也是为什么何建平会把那堵建在"宝山村小"周围的土墙当作"万里长城"来向我们炫耀的原因。

我们一到"宝山村小"的山脚下,何建平就兴奋地笑着,指着悬崖上的一堵土黄色的墙说:"看,那就是我们的新围墙!是'完小'的大孩子捐钱给'村小'的弟弟妹妹们造的新围墙。"

那堵墙有一人高,黄土的颜色很新,还有一些稻草秆子支在墙上。是一堵朴实的土墙。很憨厚地立在那里。造这样一堵围墙,大概需要五百元人民币吧。可是对只有二十五元生活费的"完小"的孩子们来说,给弟弟妹妹们造这样一堵围墙,大概真和造万里长城一样伟大。

这堵墙是为了欢迎我们造的。当我们的洋学生来到这堵墙下的时候,他们看到了比酒吧和咖啡更深沉,更苦涩的东西。有一种像大山一样深沉,像历史一样苦涩的人性,积淀在这文明圈外的山里。有几个洋学生哭了。我们的洋学生每个人都给何建平的孩子们捐了钱。

但愿,我们每个人也会经常想一想何建平和他的学生们时常肿着的牙。校长何建平的两个酒窝笑起来应该是一般大的。

一步三回头

我小的时候不知道鱼会生病,鸟会中毒,小孩子会死。但是我的父亲知道。他是一个生物学家。后来我父亲死了。我父亲的学生告诉我,长江的鱼不能吃了;在江边白茅上飞着的鸟儿,飞着飞着就摔下来死了,是铅中毒;在长江边出生的孩子,小小的年纪就得了肝癌。

在人们还没有反应过来为什么的时候,那条从天际流进诗里和画里的长江,突然丧失了衬托落霞孤鹜的闲情逸致;突然关闭了博揽千帆万木的宽阔胸怀。长江,突然变成了我们的"敌人"。

在我最近一次回到江南的时候,我看见长江浑黄的水闷声不响地流着,像一个固执的老人,拖着一根扭曲的桃木拐棍,怨恨地从他的不肖子孙门前走过,再也不回头了。

这时候,我感到,我必须讲述一下长江和长江边的不肖子孙我父亲的故事。我父亲到死对长江都是一步三回头。我希望等到人们懂得该向自然谢罪的那一天，会想起我的这些故事。

一、鱼的故事

我父亲死在美国的亚利桑那州。他去世之前，我和我弟弟带着他旅行了一次。这是他一生中最后一次旅行。他拍了很多他感兴趣的照片。回来后，他把这些照片一一贴在他的影集上，每张照片下还写上一两句话，像是笔记。每次，我翻开他这本最后旅行的影集，看着他拍的这些照片，他写在这些照片下的那些句子，就变成了一张张褪了色的老照片插了进来，讲着一些关于父亲的故事。

譬如说，影集的第一页，贴着两张父亲在夏威夷阿拉乌玛海湾，用防水照相机在水下拍的鱼儿。那些红黄相间的热带鱼，身体扁扁的，像蒲扇，在海里煽动起一圈圈碧蓝的波纹，那波纹像一习习快活的小风，鼓动着旁边两根褐色的海草。热带鱼在水草间平静地游逸，逍遥自在。

父亲在这两张照片下写着："鱼，鱼，长江葛洲坝的鱼是要到上游产卵的。"

父亲像很多老人一样到美国来看望他的儿女。没来之前想我和弟弟想得很热切。才到一天,就说:"我最多只能待一个月,我有很多重要的事情要回去做呢。"我和我弟弟说:"您都退休了,那些重要的事情让您的研究生做去吧。"父亲说,"研究生威信不够,没人听他们的。"我和弟弟就笑,"您威信高,谁听您的?"父亲唉声叹气。但过了一分钟,又坚决地说:"长江鱼儿洄游的时候,我一定要走。"

长江鱼儿洄游的时候,我父亲从来都是要走的。这个规矩从二十世纪七十年代长江上建了葛洲坝开始。我记得父亲的朋友老谷穿着一双肥大的黑棉鞋,坐在我写字时坐的小凳了上狼吞虎咽地吃 一碗蛋炒饭,父亲穿一件灰色的破棉袄唉声叹气地在小客厅转来转去。

"坝上的过鱼道没有用?"父亲问。

"没用。"老谷说。

"鱼不从过鱼道走?"父亲问。

"不走。"老谷说。

"下游的鱼上不去了?"父亲又问。

"我刚从葛洲坝来。鱼都停在那里呢。"老谷说。

"造坝前,我早就跟他们说了,鱼不听人的命令的,鱼有鱼的规矩。"父亲说。

"葛洲坝的人还以为他们今年渔业大丰收呢。正抓鱼苗上坛腌呢。"老谷说。

"你快吃,吃了我们就走。"父亲说。

我当时不知道他要到哪里去,只觉得他们惶惶不安。像两个赶着救火的救火员。后来我知道了他们带着三个研究生去了葛洲坝,在那"过鱼道"前想尽了办法,长江的鱼儿始终没能懂得人的语言,也看不明白指向"过鱼道"的路标,一条条傻乎乎地停在坝的下游,等着大坝开恩为它们让条生路。

最后,父亲和老谷这两个鱼类生物学教授只好带着研究生用最原始的水桶把那些只认本能的鱼儿一桶一桶运过坝去。并且,从此之后,年年到了鱼儿洄游的时候,他们都要带着研究生去拉鱼兄弟一把,把鱼儿们运过坝去。这叫作"科研"工作。鱼儿每年都得洄游,于是我父亲就得了这么一份永不能退休的"科研"工作。

我父亲死在长江三峡大坝蓄水之前。要不然,他又会再多一个永不能退休的"科研"工作。我父亲说,"我们这些教授,做的只能是亡羊补牢的工作。'羊'没亡的时候,你再喊再叫也没人听。"

我们是一个非常功利的民族,而且是只要眼前功利的民族。我们可以把属于我们子孙的资源提前拿来快快地挥霍掉或糟蹋掉。我们喜欢子孙满堂,可是我们的关爱最多沿及孙子辈就戛然而止。至于我们的曾孙、重孙,我们脚一蹬,眼睛一闭,眼不见心不烦。我们还大大咧咧地嘲笑杞人忧天。天怎么会塌下来呢?真是庸人自扰之。我们的这种好感觉来得无根无据,却理直气壮。

偏巧,我父亲就是这么一个忧天的杞人。只是比杞人还多了一个愚公移山的本领——带领徒孙一年一年移鱼不止。

二、鸭子的故事

父亲影集的第二页,贴的是一群鸭子的照片。那时候,我们在地图上看见有一个叫"天鹅湖"的地方。我们就带着父亲去了。我们在一片无边无际的玉米地里开了三个小时的车,然后,就钻进了这片树林。没有风,一根根老藤静静地从树枝上垂下来,像还静止在远古的时间的多年不刮的胡须,非常祥和地垂到满地的腐叶上。我们找到了这个"天鹅湖"。湖里其实并没有天鹅,却停了满满的一湖鸭子。一个挨一个,远看密密麻麻,像一个个灰色的小跳蚤。我们的狗想到湖边去喝水,一湖的鸭子突然吼叫起来,像士兵一样朝我们的狗列队游过来,保卫它们的领地。父亲哈哈大笑,拍了这张鸭子的照片。

在这张照片底下,他写了:"鸭子,上海浦东的鸭子是长江污染的证明。"

从二十世纪七十年代末起，人们发现上海浦东，崇明岛一带肝癌的发病率非常高。父亲有个很好的研究生，叫黄成，是孤儿。父母都得肝癌死了。父亲时常给他一些零花钱。他们家有兄妹五个，相亲相爱，住在上海浦东地区。这个研究生读书期间，大哥也死了，还是肝癌。人们不知道原因。父亲就带着几个研究生开始了调查，研究为什么上海浦东地区肝癌发病率高。

父亲选择研究在长江下游生活的鸭子。那一段时间，不停地有一些鸭子被送到我们家来。家里小小的厨房，全是鸭屎味。我和弟弟踮着脚，捏着鼻子到厨房去找零食吃，什么油球、麻糕上都带着鸭屎臭。我妈跟我父亲吵，叫他把这些鸭子弄走。我父亲说："弄到哪里去，总不能弄到大学办公室里养吧。"

后来研究鸭子的结果出来，上海浦东，崇明岛一带的鸭子活到两年以上的多半都得了肝癌。结论很明显：长江下游水质严重污染。

1989年我父亲带着一个黑皮箱，去美国参加"国际水资源环保大会"。我和他的研究生黄成送他上飞机。他的黑皮箱里装着详细的长江下游流域水资源污染状况的证据和研究报告。父亲身穿着崭新的西装。那西装的裤腿高高卷到膝盖，脚下还蹬着一双解放鞋。我和黄成要求再三，要他把西装的裤腿放下来，换上皮鞋。他说：

"我整天在长江水里泡着，就习惯这样。"他就这样上了飞机。哪里像个教授，地道一个长江上的渔民。父亲半辈子都在长江上闯荡，像武打小说里的一条江湖好汉，替那些不能保护自己的长江水资源打抱不平。

父亲从美国开会回来，并不高兴。他说："其他国家和地区的报告，谈完污染就谈整治措施。我报告完了污染，别人就问：你们国家的整治措施是什么？我没法回答。我们没有。"那会是在十几年前开的。那时候环境保护还没有被中国人当作一回重要的事情。在二十世纪八九十年代重要的事是挣钱。人们热衷于把自己的小家装潢得漂漂亮亮。一出小家门，门庭过道再脏也可以看不见。谁还会去管如何清理那些流到长江里，让鸭子得肝癌的东西。

去年，我在一个偶然的机会碰见了父亲的研究生黄成。他到美国来短期访问。我问他：你好吗？他说：我来之前刚到上海去了一趟。我的最小的妹妹得肝癌去世了。于是，我们俩都同时怀念起我的父亲。黄成回忆起我父亲写过的许多论文，做过的许多报告。那些论文和报告早早地就把长江水生资源的污染与危机呼吁出来了。不幸的是，在父亲有生之年，中国的社会先是只重视与天奋斗，与地奋斗，把人对自然的无知夸张成统治自然的权威；后来，社会又变成了只重视向天要钱，向地要钱,把人对自然的讹诈当作从自然得来的财富。父亲像堂·吉诃德,带着他的"潘安"——几个忠心耿耿的研究生,向社会——这个转起来就不容易停的大风车宣战,到死都一直在孤军奋战。

三、船的故事

父亲影集的第三页,是我们在卡罗拉多河划船的照片。我和弟弟怕父亲在美国寂寞,怀念他在长江上的浪漫漂泊,决定带他到卡罗拉多河上去划船。卡罗拉多河水是浅绿色的,我们的小机动船是象牙色的,父亲高高兴兴地戴着渔民的草帽,把西装裤腿高高地卷过膝盖,笑眯眯地架着方向盘,像是回到了老家。象牙色的小机动船在水面上滑过,溅起高高低低的水珠,像一只灵巧的溜冰鞋在晶莹的水面上划过一道白色的印子。我记得当时,有一只麻雀一样的小鸟飞来停在船头,我弟弟就喂它面包吃。小鸟并不怕人,居然大大方方地走到我们放食物的椅子上自己招待起自己来。父亲感叹不已,说:"这种人和动物之间的信任不知要花多少代才能在中国建立。我们江南的麻雀见了人就像见了魔鬼一样。"我当然很能理解父亲的意思。单靠几个科学家是拯救不了中国的动物危机和环境污染的。父亲在开船,他让我把他和小鸟,还有船都照下来。

父亲在这张照片下写道:"要教育长江流域的老百姓。"

上海浦东的鸭子证明了长江被污染了后,我父亲就长年在长江流域奔忙。他和他的研究生半年半年地住在渔民的船上收集资料。我和弟弟当时还小,就想混上渔船,到长江太湖溜达一圈。放暑假的时候,父亲带我去过一次。我记得我去的那条渔船很小,睡在后仓里,连我的腿都伸不直。一泡臭尿得憋到天黑,才能把屁股撅得高高地站在船沿上尿。那时候正是鱼汛,船白天黑夜在水上颠簸。我父亲他们天不亮就起来在渔民打到的鱼堆里乱翻。他们把一些鱼做成切片,放在显微镜下面看。说是有些鱼脊椎弯了,有些鱼身上带血点,还有些鱼数量大减。我在船上,百无聊赖,吃了一个星期没盐没油的鱼煮饭。下了地,连走路都像只青蛙,只会一颠一跳。后来,我再没有兴趣混上渔船玩了。我弟弟还混上去过一次。那次他们去的是太湖,船也大一点。我弟弟回来连说:"差点淹死,差点淹死。"以后也再不要去了。但是我父亲他们却从来没有间断过,一年又一年,到鱼汛的时候必走。紧密关注着长江流域的各种水生资源变化。后来他们干脆租了渔民的船,跟着鱼儿到处跑。从长江下游,一直到四川重庆,从太湖,一直到鄱阳湖。他们跑遍了长江流域,年年如此,不管刮风下雨。他们也收集长江流域变了形的鸟,有一只麻雀类的鸟长了三个翅膀,第三个翅膀很小,像小孩子衣服上被扯破的小口袋。我和弟弟看着好玩,父亲说,这种变异可能也跟污染有关。

后来,父亲在N大学的办公室里堆满了大大小小污染变形鱼和其他长江流域常见动物的标本。我有时候到父亲的办公室去,看见这么多被污染的鱼和动物的标本,真不知道该说什么好。父亲和他的同事,研究生讨论起这些被污染的鱼和动物,一个个的表情如兵临城下一般凝重。可长江沿岸的造纸厂和印刷厂依然往长江里排含铅的污水;肺结核病院和精神病院依然往长江里扔废弃的药品。父亲他们这些无权无势的知识分子到底能干什么呢?我甚至嘲笑父亲:"您的污染的鱼和动物不到严重程度的时候,您那些对策都不会有人用的。"

父亲依然故我地在长江上忙碌。后来我发现父亲这样做其实是为了一种精神,这种精神是父亲生命的意义。这种精神不可以用"献身"或"热爱"等形容词来描述。这种精神是一种冷静的理性,是一种负责任。是一种不仅仅对自己负责,而且对子孙后代负责,不仅仅对今天的发展负责,而且对人类所生存的地球的未来负责的精神。这是一种科学和人文的精神。为了这样一种科学和人文的精神,父亲和他们那一代知识分子忍辱负重,在最没有科学和人文精神的年代,做了许多事,直到今天,才被人们看出其重要意义。

四、父亲追悼会的故事

父亲影集里的最后一张照片,是父亲追悼会的照片。那不是父亲贴上去的,是母亲贴上去的。母亲在照片下写了一行字:"相濡以沫,不如相忘于江湖。"取的是《庄子·大宗师》里两条鱼的典故。小水塘里的水干涸了,最后的两条鱼往对方身上互相吐着水沫,以求一点湿润。人们感叹这是多伟大的爱情呀!可是对鱼来讲,还不如让它们快活地游在大江大湖里,而互相根本不用惦记着好。生死一别,父亲回归自然。

像其他许多中国贫穷而执着的中年知识分子一样,父亲突然英年早逝了。那时候,他从那次最后的旅行回来不久。因为长江鱼儿洄游的季节就快到了,他回中国的飞机票都买好了,却终未能成行。父亲去世前几天全身的皮肤瘙痒,后来突然胃出血,吐血不止。等救护车开到我们家的时候,父亲已经去了。除了这本影集和每张照片下写的几行对长江念念不忘的句子,他没有遗言。

医生告诉我们他的死因可能是铅中毒。母亲什么话也没有说,在长江鱼儿洄游的季节快到来之前带着父亲的骨灰按时回中国去了。父亲就这样回到了长江边。

父亲在美国对长江是一步三回头地依恋,他的追悼会当然应该在江南故里开。可母亲带着父亲的骨灰回到南京后,父亲系里的系主任非常愧疚地对母亲说:因为他们的书记倒期货,暗自动用了系里的钱。结果钱全砸进去赔了。连教授讲师当年的奖金都发不出,实在拿不出钱来给父亲开追悼会。结果,父亲的研究生黄成来了,当时就捐了三百块钱为父亲开追悼会,接着老谷也捐了,其他父亲的同事和学生都捐了钱。母亲哭了。

父亲的追悼会是在长江边开的,除了他的同事和学生,还有很多渔民。在追悼会上父亲的生平被连续起来:

父亲叫袁传宓,出生在江南的一个极富裕地主家庭,毕业于金陵大学。以后在N大学生物系工作了一辈子。他年轻的时候非常洋派,打领带,说英文,绝不是后来连西装都不会穿的"渔民"。他还会瞒着母亲把我和弟弟带到鸡鸣酒家楼上的西餐店去吃一份牛排。后来,"文化大革命"了,他下了农村,在农村养了几年猪。他跟所有改造好的知识分子一样,非常努力地把自己脑袋里祖宗八代的非无产阶级意识当作残渣剩汁通通抖搂出来清洗干净,然后紧密地和工农打成一片。七十年代,一有正常工作的机会,他就全力为长江的环境保护奔走,呼喊,直到死亡。这就是父亲的一生。很简单。父亲他们那一代知识分子，似乎没有内心世界，他们的内心世界都得公布于众。唯一还属于他们私人的就是一种根植于中国优秀知识分子良心中的科学和人文精神。这是父亲生命的支点。

父亲的故事讲完了。长江的故事还没有完，也许永远也不会完。最近老谷寄给我一份当地的报纸，上面报道了一个渔民捕到了一只长江珍稀动物白鲟。报道里谈到，从渔民到科学家，从普通百姓到政府都为抢救这只白鲟尽力。老谷看完之后，一定要他的儿子把这篇报道拿到我父亲的坟上去烧，以告慰父亲在天之灵。又因为长江里第一只白鲟是我父亲发现并命名的。那家报纸要我谈谈如果我父亲看见人们对珍稀动物如此关爱的事迹后会怎么想。这时候，父亲已经去世九年了。终于，那种父亲一代知识分子所坚持的科学和人文的精神开始成为民众意识了。我父亲会怎么想呢?

我想，父亲大概会说："相濡以沫，不如相忘于江湖。"

父亲的科学家职业，让他能够比许多人看得远一点。与其到动物濒临危机了，才来赞美人类对动物的关爱，不如不要干扰动物，让它们和我们人类一样，也在地球上有一个天地，过它们和平的生活。地球不是我们人类独霸的，长江里的鱼儿有权力拒绝人类对它们的指挥或关爱。让动物按照它们各自物种的本能自由地生活，我想这可能是父亲替鱼儿、鸟儿、鸭子、白鲟发表的独立宣言吧。

最后的老病人

卡拉瓦欧火山已经宁静了几十万年。曾经如同烈酒一般炙热的岩浆从火山口涌出时，这里也许辉煌过一阵子，但现在它只是一个干枯的火山口。墨蓝色的大海百无聊赖地摇晃着，像一个醉汉，横躺在无人问津的荒原，漫不经心地托着卡拉瓦欧火山的脚跟，把干枯的火山口举向苍穹，如同托起一只空酒杯，让低飞的云品酌着"酒杯"里的空洞和孤寂。除了空洞和孤寂，这个荒芜的"酒杯"里还能有些什么别的故事呢？

世德决定去卡拉瓦欧死火山口工作。卡拉瓦欧死火山口里有一个与世隔绝的村庄，村子中央的大路通向教堂，教堂尖尖的顶坚韧地向上，指出一条空洞和孤寂的路。围着教堂的是一些简陋的草舍。教堂对面是一所白色的医院，医院建筑呈十字架形，像现代文明的一个忏悔录，牢牢地钉在这个古老的火山口里。这里是麻风病人居留地，二十世纪三十年代的时候，文明人毫不留情地将麻风病人像垃圾一样倒在这里。后来,达铭恩神父来了,他为文明人的残酷感到耻辱,就建了这所麻风病医院。十一年后,达铭恩神父也传染上麻风病并死在这所医院里。

世德的工作就是在这所医院里打扫卫生、剪树割草,工作不重,工钱却很好。医院后面有几块焦黑的火山石,早上,世德在那里扫落叶,看见一个老麻风病人坐在那里,晚上,世德来割草,那个老麻风病人还那样坐着。老人的手和脚都已经腐烂,脸也烂得面目全非。世德两次看见他,都赶快躲开了。来做义务护工的女护士蒂安娜站在老人对面和老人说笑。老人说:"你是金头发还是黑头发?我眼睛快什么也看不见了。"蒂安娜就把长头发托在手上,送到老人眼前让他摸一摸。老人摸了一下,就快活地笑了,说:"你们姑娘家的头发真软,跟我老伴年轻时的头发一样。"

世德接受这个工作的时候,被要求不能歧视麻风病人,他也听说麻风病的传染率只有5%,而且医学也已能够控制它的传染了,但他还是不由自主地像躲避狮子一样躲开了。看见蒂安娜这么不介意,他有一点难为情。那天,蒂安娜告诉他,这个老麻风病人是目前这所医院还活着的最老的病人。

麻风病人居留地整天都很安静,很少有人在村里走动。医院从二十世纪八十年代起就不再接收新病人，他们计划等最后一个麻风病人死后就把这里变成一个纪念公墓。纪念一种曾经威胁人类的疾病的不幸牺牲者们。在这个不久将成为公墓的地方工作，世德觉得非常枯燥。蒂安娜的事儿也不多，她没事时还会跑到厨房，给医院里的病人做几次南方饭。蒂安娜的南方饭用牛肉汤煮米饭，很合世德的口味。医院里女护士不多，蒂安娜走到哪儿，热闹到哪儿。有时候，病人会到厨房去找她，要她给他们唱支歌。她能在厨房里扯开嗓子就唱。

每天，世德下班后做的第一件事情就是算着日子和钱。他焦急地等待着挣多一点儿钱，两个月后回到妻子身边，好好过日子。他很久没见到妻子了。他们分分聚聚过了七年。这七年的前三年，他们讨论的是"妻子来美国团聚"，后四年讨论的是"离婚算了"。最后这半年讨论的是"什么都不要快回来吧"。这些讨论都是他们自己的打算，可是事情该怎么办又完全由不得他们自己。世德是跟着难民船来到美国的，前三年他自己的身份都是黑的，妻子根本来不了。后四年，虽说离婚全是他们自己的主意，可一谈到这个话题，两人总是哭哭啼啼，分开时间长了，好像也谈不上感情深不深了，可一说离，又痛苦得不行，而且离了婚，孩子怎么办?! 所以，谁也没真离。现在又想什么都不要，就回去。可回去，世德也得挣多一点钱才能回去。男人似乎只有这条路可走。不然,回去也活不出人样来。世德想走自己的路,可路都是文明社会设计好的。他就一个普通民办小学老师,只能顺着这些路走。走到这麻风病院也完全是无可奈何的事。

世德本想早点儿睡觉,想这些事让他心烦。忽然听见教堂前的草坪上一反常态地嘈杂,他打开窗户,向一位刚从教堂回来的医生打听。医生说:"医院里最老的麻风病人庆祝他的金婚纪念日。蒂安娜招来所有的女孩子,在唱歌呢。"世德很感慨,算起来,他跟妻子结婚也多年了,却天涯海角地分着。

第二天早上,世德扫树叶的时候,又看见那老人坐在火山石上。世德远远地跟他打了一个招呼。他羡慕他。这么老,这么病,还有一个妻子在身边陪伴着。老病人对他笑,笑容从他腐烂的嘴上绽开,像是一枚绿渍斑驳的老铜钱。

晚上,世德来割草的时候,老病人还坐在那里。

世德说:"您在这儿坐得太久了,该回去了。"

老病人点点头说:"是太久了,他们是把我装在麻袋里扔到这里来的。"

世德心里想,大概麻风病的病毒已经开始侵蚀老人的神经了,老人的头脑已经糊涂了。

老人又笑,伸手在怀里摸了半天,摸出一张他和他太太年轻时的合影。照片很陈旧了，就着夕阳黄灿灿的光，世德扫了一眼，隐约看见一个穿着西装的青年站在一个穿着对襟长褂的女人旁。世德肯定老人是一个中国人。他叹了口气，什么话也没说。

老病人的嘴怪模怪样地动着，颠三倒四，言语不清："喝喜酒的人真多……就上了劳工船……挤得像一窝老鼠，掏呀，掏呀，没有黄金……有黄滕酒，喝吧……一窝，连老鼠都没逃过……"

这时，蒂安娜跑过来，拉老病人说："您快回去吧，您太太要等得着急了。"

世德就离开了老病人。走了不远回头一看，看见老人坐着不动，嘴在怪模怪样地动，像是在跟蒂安娜抱怨被人类抛弃的坏滋味。也许，他想坐在火山石上等到天黑，他的老伴会来这里把他领回家吧，毕竟还有一个人没有抛弃他啊。世德很想念自己的妻子。世德没有家世，当不了官，又不心黑，做不了生意，就是一身牛劲儿，一狠心就上了难民船。他指望凭力气到美国来打苦工挣钱，跟从前出来淘金的劳工怀着一样的希望……

又过了一个星期，那个老病人死了。医生们和病人们在教堂里为他举行葬礼。牧师致辞，病人组成的唱诗班唱诗，蒂安娜领唱，祝福老人苦难的灵魂上天堂。世德也去参加了葬礼，他很奇怪老人的太太没有来。

老人下葬前,牧师把世德找过去,给世德看那张老人曾经揣在怀里的旧合影,因为照片背后有几行中国字,人们想知道是什么意思。等世德把那张照片拿在手里,这才发现那并不是一张合影,而是两张精心粘在一起的照片,老人的一张是在美国拍的,他太太的一张是在中国拍的。世德抬起头,奇怪地看着牧师。牧师说:"老人结婚三天就离家当劳工来了,几年后被送到这个岛上,从此和媳妇断了联系,这张合影想必是他得病之前弄的,此后便是老人一生情感的寄托,他坚信他的媳妇没有改嫁,还在等着他。"

世德翻过照片,有端正的小楷写着:"一杯愁绪,几年离索,错错错。"

大概是老人年轻时的手笔吧。世德把词的意思翻译了,医生、病人一片叹息。然后就把合影随老人一同葬了。

世德突然有点儿搞不清老人的一生悲剧是病造成的,还是人造成的了。

老病人下葬之后,世德碰见蒂安娜坐在老人常坐的那块火山石上。蒂安娜说:开学了,她要回学校去了。明年放暑假的时候再来。世德说:"到那时,不知火山口里还有几个病人了。"蒂安娜说:"要是这里病人不多了,我就到中国的麻风病村去服务。"世德想了一想说:"要是你能找到那样的村子，我跟你一起去。我正打算回中国，找点男人该做的事做哩。"

蒂安娜就笑了，用唱歌一样的声音说："要是我们运气好，说不定能找到那位老病人的媳妇。我就告诉她，老人死前不久摸过我的头发，说我的和你的一样柔软。"

世德心里就有一些活的、柔软的东西飘过，像女人头发那么细，那么小，肯定不是钱，却让他很舒服，很自信。他原来不知道在卡拉瓦欧死火山口里，还能找到这样的活物。现在，他知道了。

孩子回家

　　静谧而温馨是有色彩的,它们是西部小镇北湾过圣诞节的色彩,很耀眼,却没有声音。大雪在圣诞夜静静地落下来,北湾每个圣诞节都有雪。雪花不是一片一片地飘下来,而是一群追着一群地飞下来,满天都是。它们是一群聋哑少年,用快速的手语,在开阔的大舞台上演唱着自己的音乐会。手语唱出的白色音符令人眼花缭乱,却无声无息,只看见它们满天飞舞,落到地上却悄然无声。只有懂手语的人才能听懂这些不受声音制约的好歌。世界上最好看的雪就是这样的雪。它们虽然发不出声音,但自信心十足,短短几个小时的"音乐会",它们就在无声的旋律中改变了世界:树杈变成了深海里的玉珊瑚;房子变成了童话里的白糖小屋;街口的几个雕塑全都活了,转眼就把黑衣服换成了白外套;门口的冬青树成了胖乎乎的小瓷人;街尽头的城堡成了冰雪女王的宫殿。而家家户户门前、屋上挂着的五彩小灯则在白雪中闪烁,给一章一章白色乐曲填上快乐的歌词:"铃儿响叮当"。

自由并不需要锣鼓喧天,挂在嘴上天天说,能有这样一场好雪,心就轻了,就能跟着想象力飞走了。这种时刻,是圣诞老人穿着红外套,戴着尖顶帽,架着驯鹿拉的雪橇,悄悄给孩子们送礼物的时候。世界在这样的时候,放假了。

北湾这个小镇的圣诞老人是邮局的老邮差盖郎。盖郎胖,且秃头。一年又一年,盖郎在小小的邮局里收信分信,脸上没添什么皱纹,只是眼睛越来越细。他和太太南西没生孩子,把一条金毛大狗当作儿子养。金毛大狗养到十三岁,这年圣诞节前一个月死了。算是寿终正寝。盖郎虽然在邮局工作了四十年,自己却很少写信。但这一次他却用正黑圆珠笔认认真真地写了十三页纸的信,寄给所有见过他家金毛大狗的人。信中详详细细地记录了他家的金毛大狗从生到死快乐的一生,还有大狗的好脾气和闯过的几次小祸。这封信,北湾的人家都收到了。

圣诞节前是邮局最忙的时候,大大小小的礼物包裹、圣诞贺卡从邮局进进出出。不仅如此,邮局还会收到不少小孩子给圣诞老人写的信。这些信里写着的都是孩子们的小心愿:希望圣诞老人给他们送来蜡笔、篮球明星卡、电玩CD、立体拼图等等玩具。这些没有法子投递

孩子回家

不知道那天大狗在盖郎家打了多少滚，
到天黑，它回来了，
神气活现，肚皮吃得滚圆，
一脸乐不思蜀的神情。

男孩城
‥‥‥‥‥

走进"男孩女孩城",
就像走进了一所宁静雅致的校园。
教学楼,图书馆,历史博物馆,植物园,
还有一个安详的天鹅湖。

的信,多少年来一律都由老邮差盖郎处理。盖郎在每个圣诞节前的两个星期,总是早出晚归。下了班就坐在小邮局里看孩子们给圣诞老人的信,看着笑着,笑得震天响。孩子们跟圣诞老人谈条件:如果我读完了三本小人书,能得到球星托比的大照片吗?如果我帮母亲洗碗,能得到芭比娃娃吗? ……有的时候,盖郎记下孩子们的愿望,告诉孩子们的父母,在圣诞节那天,孩子们的圣诞树下就真有了"圣诞老人"给他们送来的礼物;他们想要的礼物得到了,孩子们的小心脏就被快乐吹成了一个一个大气球,飞到屋顶上。有的时候,盖郎自己也会穿上红衣服,戴上尖帽子,挂着大白胡子,把一些穷人家的孩子们想要的小礼物装在红白相间的大袜筒里,扛在肩上,自己给孩子们送礼物去。圣诞老人的故事在小镇孩子们的生活中是真的。快乐是真的。

金毛大狗死的那一年,盖郎兴致不高。没有出去扮演圣诞老人。圣诞节的那个早上,他就在壁炉前坐着,喝咖啡,看报纸。南西在厨房认认真真地准备晚上吃的正餐。外边的雪已经停了,树枝胖了一圈,小河瘦了一圈,几根长长的冰凌在窗外挂下来,蓝天和白云泊在河湾里。是冰清玉洁的一天。盖郎伸个懒腰,准备出去扫扫雪。他一开门,看见一只金毛大狗端端正正地坐在他家门口。

盖郎高叫一声："我的儿子！"转过脸大叫："南西你快来看，圣诞老人给我们送来了什么！"瘦小的南西围着围裙从厨房里跑出来，看见门口的金毛大狗，眼泪立刻就流下来了："宝贝儿，快回家，你这么多天在外边是怎么过的呀！"

金毛大狗咧着嘴笑，尾巴摇来晃去，身子转成一个圈，但就是不愿意进家。盖郎和南西连拖带拽，把金毛大狗拉回了家。立刻喂食喂水，平常限制狗吃的狗零食也不管不顾地拿出来喂它。盖郎又直奔车库，把金毛大狗以前喜欢的破袜子、旧拖鞋、皮球、木棍，一大筐又通通拿了回来，"哗啦"倒在地板上让它玩。金毛大狗嘴里咬着皮球，就地一躺，四脚朝天，舒舒服服地让南西给它梳肚皮。

小镇的街上，有一个外地人，急得团团转。这个人就是我，我是到北湾小镇的朋友家来玩的。那时候，我刚从夏威夷来到北方，夏威夷从来没有这样的好雪，所以，一大早我就带着我家的大狗出来看雪景。现在，眼睁睁地看着我的狗被人家连哄带拖拉回家去了。大门一关，就我一个人站在大街上了。我一转身，直冲回我的朋友家，告诉刚起床的朋友和他的家人："我的狗被你们的邻居又拖又拉弄回家去了，我在外面等了二十分钟，他们也不放出来。"

等我有朋友一家弄清楚了绑架大狗的原来是老邮差盖郎和太太南西，他们不但不帮我去要狗，还把我七哄八骗拖回屋，让我只管吃饭喝茶看电视。我的朋友和他的堂兄弟们说："我们小时候，谁没收过圣诞老人送来的礼物？后来大了，才知道那都是老邮差盖郎替圣诞老人满足了我们的心愿。这回，让圣诞老人也满足他的心愿吧。圣诞节都是孩子回家的时候。"然后，他们从书架上拿来老盖郎手写的十三页狗传记给我看。还告诉我：老盖郎的宝贝狗，"铁哥"活了十三年，从老盖郎家到邮局有五十三根电线杆子，每个电线杆子下都有"铁哥"留下的存在证明。"铁哥"死了之后，老盖郎上班的时候，动不动就会在一根电线杆子下停下来，认认真真地摸一摸，嗅一嗅，想找儿子"铁哥"的味道。老盖郎对每个去邮局寄信的人说："我们做好事，听到别人赞扬，我们就觉得我们是好人，可以涨薪水了。也许，我们真是好人。可是，我敢保证：没有一个人能有'铁哥'那样的纯正的善良。别人赞扬它，它就打个滚，也并不图什么……"

不知道那天我家的大狗在盖郎家打了多少滚，反正它在盖郎家待了一天，盖郎和南西与他们的"孩子"过了一个快乐的团圆节。到天黑，我家的金毛大狗回来了，脖子上系着一条"铁哥"的红色三角巾，神气活现，肚皮吃得滚圆，澡也洗过了，毛也梳过了，嘴里还叼了一根大玩具骨头，一脸乐不思蜀的神情。

圣诞节是让所有不太大的愿望都成真的一天。也许，自由的实现就是在这些不太大的愿望——成真的过程中得到了。它不是一个人的事，甚至也不是一个物种的事，让每一个愿望和行为带一颗善良的珍珠，串起来，自由就可以广阔无边，一直到"铁哥"现在住的彼岸。

男孩城

"男孩城"（Boys Town，Omaha，Nebraska）的意思其实是"孤儿城"。它是美国历史上最早，也是最著名的一座孤儿收容所，一直只收男孩。1979年改了名字，叫"男孩女孩城"（Girls and Boys Town），也收女孩了。但习惯上，我们仍叫"男孩城"。

男孩城有一部动人的家史，男孩城里的故事大大小小，每一个都很动人，可以写出一本书来。在这里，我只讲它最早的一个和最新的一个。我讲出来的其实是一块"压缩饼干"，一块把厚厚的家史压扁了的饼干。这里蕴藏着男孩城由始至今，一以贯之的精髓。

男孩城始于神父福拉乃甘（Father Edward Flana-gan，1886—1948）的"男孩之家"。1917年，第一次世界大战在欧洲造成惨重伤亡。这让远离欧洲主战场的美国人很紧张。接着，美国也参战了。许多小镇上的美国人参了军，他们离开了家园就再也没有回来。在内不拉斯加州的奥玛哈城,有一位年轻的爱尔兰籍神父,福拉乃甘,预料到长期战乱将会给美国人带来的灾难之一就是无家可归的孤儿问题,他在美国刚参战时就指出了流浪儿会随战争延长而增加。果然,在小镇众多的美国中西部,流浪儿很快成了一个战争并发症。人们不知道该拿这些以偷窃为生、到处闯祸、无人管教的流浪儿怎么办。

1917年12月12日, 世界大战在一百多处疯狂展开。与此同时福拉乃甘神父敞开他家的大门,让六个流浪儿住了进来。这六个男孩想要一个可以让他们过圣诞节的家。"男孩城"的故事就从这天开始了。

福拉乃甘神父有一句名言:"没有坏孩子,只有坏环境、坏教育、坏榜样和坏想法。"本着这种信念,福拉乃甘神父决定帮助更多的流浪儿。他到处找房子和资助,他找了一间大点儿的房子,又从一个犹太珠宝商朋友那里募捐到的90美元,付掉了第一个月的房租。他让六个孩子都搬进了这个维多利亚式的大宅子。他让这个大宅子的门日夜开着,每个流浪儿都可以进来取一份温暖。到圣诞节来临的时候,这个被称作"福拉乃甘神父家"的大宅子里,住进了二十五个男孩。但是,福拉乃甘神父再也没有钱给这些流浪儿准备圣诞晚餐了。二十五个男孩,大大小小,待在"福拉乃甘神父家"盼望着福拉乃甘神父给他们变出食物来。就在这时候,一个奥玛哈的商人给福拉乃甘神父送来了一桶德国泡菜。这桶泡菜就成了二十五个孩子和福拉乃甘神父的圣诞正餐。

到了次年一月,福拉乃甘神父家的流浪儿增加到了五十个。福拉乃甘神父想到的是:不仅要给他们找食物和温暖的地方睡觉,还要解决他们的教育问题。福拉乃甘神父想送他们去上学。他想把孩子培养成能被社会接受的公民。有一个公立学校收了福拉乃甘神父的孩子,但是不久,福拉乃甘神父的孩子们被退回来了。学校里的其他孩子不喜欢他们。叫他们"贼""捡破烂的""没娘管的"。福拉乃甘神父的孩子们就和学校的孩子们打架。

这些流浪儿在公立学校受到了歧视。社会把战争动乱带来的坏结果转嫁给了这些本来已经很不幸的孩子。福拉乃甘神父决定要自己成立一所学校,在这所学校里,什么样的歧视都不准存在。这样,在1918年夏天,在周围小镇人的捐款和支持下,福拉乃甘神父成立了两个学校,一个是三年级到八年级孩子上的学校,叫"维格烈学校"(Wegner School),另一个叫"男孩城高中"(Boys Town High School)。在福拉乃甘神父自己的学校里,男孩子们学文化,搞体育,建合唱团,掌握生存技能。像其他孩子一样上学放学,唯一不同的是,福拉乃甘神父的学校有严格的纪律。用男孩子自己的话说:这里的纪律训练就是要你自己和自己过不去。几年以后,男孩城中学有了自己的第一批高中毕业生。福拉乃甘神父说:"年轻人犯错误,可以比作一棵植物被种进了阴湿的盐碱地,因为得不到阳光,它的健康被损坏了。它没有得到好好成长的机会。"而福拉乃甘神父的学校就是要还给这棵植物阳光和养料,让它好好成长。

男孩子们在成长,男孩城也在成长。1922年,福拉乃甘神父得到捐款,买下了一百六十多英亩的土地,1936年,男孩城成了一个官方承认的一个独立村。两部关于男孩城的电影相继问世。其中一部电影中的男主角(饰福拉乃甘神父)崔西(Spencer Tracy)获得1938年的奥斯卡最佳男主角奖。崔西把奥斯卡奖捐给男孩城。后来,二次大战中,福拉乃甘神父到日本和亚洲战场去宣传他的人道主义,又收养了许多不同国家的战争孤儿,其中一些来自亚洲战场。福拉乃甘神父于1948年去世,他留下的名言是:"……这个工作将会继续下去,你将看到,不管我在那里还是不在那里,它都会继续。因为,这不是我的工作,是上帝的工作。"

现在,男孩城已经发展成了"男孩女孩城"。许多无家可归的女孩子也在这里找到了她们的家。1983年,第一批女孩子从福拉乃甘神父创立的高中毕业,一共五个人。她们手拿男孩城第一届毕业生的照片拍了一张意味深长的毕业照。

我在"男孩女孩城"听到的最新故事是一个有关领养伊拉克战争孤儿的故事。这个伊拉克孤儿是个十多岁的男孩儿。他在巴格达机场的战火里乱跑,差点被打死,后来他跑到了美方阵地,在那里待了一些日子,就被美国士兵送到了"男孩女孩城"。美国的电视新闻也报道过这个故事。

这个故事其实是一个黑色幽默。美军把人家孩子的家园给摧毁了,然后,把人家的孩子送到自己的后花园来了。"男孩女孩城"从一开始成立,就在为一个悲惨世界做着亡羊补牢的工作。黑格尔说:"恶"是历史的驱动力。那么,"善"大概便是开在历史路径旁边的棠棣之花。她不能阻止"恶",只能让"恶"汗颜。

当人们在世界的其他地方发动战争,追逐着权力,积累金钱,巩固地位的时候,"男孩女孩城"在关心着孩子。福拉乃甘神父和他的后继者们在这里给孩子们保留了一块可以数星星的庭院。迄今,已有一千八百个男孩和女孩在"男孩女孩城"里长大成人,他们的小城也已扩大成了一座有九百英亩土地的花园城。走进"男孩女孩城"就像走进了一所宁静雅致的校园。有新建的教学楼、图书馆、历史博物馆、植物园,还有一个安详的天鹅湖。福拉乃甘神父收容孩子们的第一所房子和他建的教堂,像两粒饱满的大种子,一粒饱含着"爱",一粒饱含着"善",依然如故地立在"男孩女孩城"的中心。

老灯

伊列湖不是湖，是海。她平静的时候，满脸都是蓝色的笑容；她疯狂的时候，连冰冻都不能把她的波浪压平。夏天她胸怀博大，一览无余；冬天她急脉缓受，冰心玉骨。伊列城曾经是军事战略要地，造船工业重镇，但是从1900年以来，由于北方无战事，船运又退让给铁路，伊列城便衰落下来。但是伊列湖依然大气，慷慨，滋养一方。伊列人沿湖种上了无边无际的葡萄，安安静静地在平淡的生活里酿出好酒来。

玛丽亚和她的丈夫戴维有两百英亩土地。种葡萄、玉米和蔬菜。他们在路口摆了一个货架，从地里采了蔬菜、水果就一小堆一小堆地放在货架上，标上价钱，并不看着，只是在货架上再放一个锡铁筒，让过路人自己拿了蔬菜，自己丢钱进去。要是买主嫌菜果不新鲜，也可以自己到玛丽亚家的地里去采，然后酌情丢钱进锡铁筒里去。

我第一次认识玛丽亚和戴维的时候，玛丽亚八十四岁，戴维八十八岁。我在他们的货架上买茄子，正好玛丽亚出来喂鸭子。她看见我，就过来跟我说话。她说：山坡上的那个律师撒谎。他在卖房子的广告上把自己的土地说成是十英亩。这是不对的。因为那块土地是他们卖给那个律师的，只有七点七英亩。她已经给房地产公司指出了，但他们还不改过来。所以，她要告诉每一个她碰见的人真实情况，不能让人上当。我当时并不想买房子，我只想买茄子。我问茄子的价钱，玛丽亚说："都写在货架上了，你不用问我。"等我自己买完茄子，玛丽亚也喂完了鸭子。她手里提着一个扁篓，又对我说："我们有两百英亩田。我三个儿子说他们不会回来种田了，我们应该把田卖掉，进养老院。我们不卖。"我问玛丽亚高龄。玛丽亚说："八十四岁。"我很吃惊，说："那您还能种田？"玛丽亚得意扬扬地说："我娘家那个镇子，有一杆路灯，亮了快一百年了，还在亮着。过去造的灯质量好。"

我一直想去看看玛丽亚娘家镇子上的一百年的老灯。我相信那里一定有这么一盏灯。玛丽亚不会骗人的。但是我一直没有时间去。不过，我下班的时候常常会绕点儿路，到玛丽亚的货架子上去买一点新鲜蔬菜。但总是碰不到玛丽亚出来喂鸭子。

我第二次看见玛丽亚的时候，是秋天。叶子红了，阳光软了,秋虫的叫声也不像夏天那样雄赳赳、气昂昂了。玛丽亚的货架子上摆着一些秋天的西红柿。玛丽亚推着坐在轮椅上的戴维在家门口晒太阳。两个人有说有笑,两张满是皱纹的老脸像两朵大菊花。

我买了菜,就走过去问他们笑什么。玛丽亚说:戴维跟她讲他小时候的故事。虽然,这才是我第二次见到戴维,戴维就和我像是老熟人,一定要把他刚才讲给玛丽亚听的故事再讲一遍给我听。戴维说:"我爱电影,我六岁的时候,上午和一群小朋友出去看电影。那个电影太好看了,看完了一遍,小朋友走了,我决定留在电影院里再看一遍。可那个电影太好看,我看完第二遍,决定还要看一遍。我看了一遍又一遍。那个电影太好看了!突然一个大黑影出现在我面前,一把将我提出去。那是我爸,他们找了我一天,到把我提出电影院的时候,已经是晚上九点了。"

这个故事玛丽亚大概听过很多遍了,但她依然笑得前仰后合,好像是第一次听这个故事一样。她一边笑,一边对我说:"戴维就会说笑话。"

我第三次见到玛丽亚,是在六年后。我偶尔路过伊列湖边的养老院。养老院像个大城堡,前面对着伊列湖,后面是葡萄园。我看见玛丽亚一个人平静地坐在养老园门口的石凳子上,神情像少女,注视着伊列湖一动不动。

直到我走到她眼前,她才认出我来。她告诉我戴维已经死了三年了。她最终还是卖掉了那两百英亩土地,搬到养老院里来了。

玛丽亚还是像以前一样爱说话,她说,她年轻时的女朋友也在这里。她还告诉我,她娘家的先人是帕瑞舰队的退役士兵。他们家几代人都住在伊列湖一带。但她的儿子们都搬走了。因为伊列衰败了。她还说,她是不会搬走的,她不愿意跟儿子住在一起。尽管如此,她认为,儿子们到老了还会搬回来。因为这里有他们家的历史和先人。

和玛丽亚谈话,我感觉到美国老人的心态和中国老人的心态非常不同。他们把自立看得比四世同堂更光荣。其实,他们比中国老人孤单得多,但是他们却不知道要求子女尽孝道。他们和伊列的小镇一样,曾经一厢情愿地贡献,以后也不计较回报。

我和玛丽亚告别的时候,请她多保重。玛丽亚笑呵呵地说:"不用担心,我娘家小镇里那盏亮了一百年的路灯还在亮着呢。

能有一些老灯还亮着,真是值得庆幸的事。有盛有衰,是生命的节奏。这没有什么关系,只要生命的质地依然纯朴健康。

俄尔博士

水码头这个地方,天生就应该上诗入文。那里的土地秀气而湿润,种什么活什么。植物一种下去就是青少年,嗷嗷往上长。草一年四季都是绿的,就是下了大雪,多少天不停,只要雪一化,绿草就又出来了。水码头的雪,是暖和的。雪化了,卢包夫小溪的水就涨,溪水也是暖和的。水码头的水有言语。语言,是太阳发明的楔形文字,多少闪烁不定的传奇,讲也讲不完。水码头的水还有脚印。水在浅浅的沙土地上一路小跑,水的脚印就留下了,像儿童在一张纸上写满了"3"字,一个接一个,一层叠一层,每一步都是弧形。和平的数字,永无战事。

俄尔博士93岁,在水码头留下了很多传奇,那些弧形的水的脚印在他的屋子前绕过,儿童等着听他讲故事。我听到他讲的故事叫"B-29B"。那天,俄尔博士带着一对儿女去"大鹰餐馆"吃饭。我说:"我从没见过93岁的老人开车,70岁的儿女还像小孩一样,天经地义地坐在里面。"第二天,俄尔博士说:"你没看过93岁的老人开车? 那你就上车吧,我开给你看。"

我就上了俄尔博士的车。一上车,我吃了一惊:车里坐了一个绝世美人,一个光彩照人的老太太。人要到那么老,还这么漂亮,所有的女人都会想快些过到85岁。绝世美人说:"60年前,俄尔博士雇我当水码头中学美术老师的时候,我就用我的生命相信他。60年后,他依然是我唯一可能把生命都交给他的人。"浪漫呀! 60年前,俄尔博士是水码头的中学校长。他创办了水码头中学。60年后,俄尔博士的太太死了,中学美术老师的先生死了。93的俄尔博士和85岁的美人谈恋爱了。

美人画水码头的花和水。俄尔博士的前妻也是画家。她画小美人、小鸭子、小玫瑰。她把这些画在信封上,寄到关岛。俄尔博士那时是俄尔上士。在关岛开B-29B。他说:"每次我的信都最后才到我手上,那些士兵们一见到我女朋友的画儿,就拿去传看。"美与和平在二战时的关岛,像淡水一样养人。俄尔上士是B-29B 315飞行大队的空军士兵。B-29B是二战后期,为了轰炸日本本土,快速赶造出来的大型轰炸机。俄尔上士是其中一架飞机上的雷达导航员。这个工作使他一直热爱数学,战后他读了博士,回乡教地理。当了校长,又当了镇教育部部长,动不动就要对学生说:用正弦三角形算一算,你就知道距离了。

关于用B-29大规模炸日本本土，一直是有争议的议题。俄尔博士说："那是战争。我们没有其他的办法使疯子停下来。我能说的只是：估计在半夜三更，不会有妇女儿童待在炼油厂里吧。"

二战，欧洲战场，美国战死、失踪二十万士兵。在太平洋战场，美国战死、失踪、重伤十万士兵。战后的和平，是一代人付出重大的代价换来的。当人们看到俄尔博士戴着"二战老兵"的帽子时，会停下来说："谢谢您为和平服役。"当我问到俄尔博士认不认为自己是英雄时，他说："这个问题他想过很多次。从中东回来的人，说这个那个是英雄。但是，我不认为我是英雄。我只做了我们这代人都会做的事。我做完了，我回来继续生活。"

这样的生活，就是水码头的生活：小桥流水。人并不需要更多。

金草地

　　故事像草棵子里蛐蛐的叫声。撒出去一片。你要注意听，到处都是。有些故事声音很小，倒不是因为故事小，而是因为它们从很远很偏的地方传来，被近处的喧嚣给遮住了。要是你拨开草棵子，沿着那故事细小的叫声仔细寻过去，你会发现一大片金草地，像天那么大，大得连天都不得不弓起来，变成一顶没安帽檐的蓝草帽，小心翼翼地比量着尺寸，才能把那片金草地遮在下面。那个细小的蛐蛐叫声在金草地里变得清亮起来，呼呼的风就把故事吹大了。

　　金草地的草其实是绿色的，开着带点鹅黄的小花，长长的一串，像乡下人头巾上常沾着的那种让人不经意的碎朵儿。有风、有太阳的时候，长长的草就甩来甩去，在弥漫的阳光里染上金色，连成一片，像一浪一浪忠实的爱在天底下流着。金草地就活了，银秀对警察戴维的单相思也活了。

说是单相思，那当然只是银秀一方吹起的风。警察戴维想也没有想到银秀的心被他染成了一浪一浪的金草。警察戴维只是每天中午带着他的黑狗准时来"金草餐馆"吃午饭。金草城是一个很小很小的城，缩在大片的金草地里，小得几乎可以忽略不计。小地方的人情重，所以狗也可以带进餐馆。银秀嫁过来的时候，她的丈夫已经老了。老先生一个人雇了一个伙计在小小的金草城开了"金草餐馆"，再小的地方也是可以挤下一家中国餐馆的。银秀嫁过来，老先生就把伙计辞了。地方小，生意不好做，全仗着和顾客的情分。所以银秀思念警察戴维的情分就混合起来。她每天跟老先生念叨"警察戴维该来吃午饭了。"老先生也不生疑惑。她说："警察戴维长得好看。"老先生就说："是好看。"她说："警察戴维真年轻。"老先生就说："是年轻。"银秀喜欢占小便宜，进羊肉的时候哄着骗着卖主多给了一条羊蹄子。她就说："这条羊蹄子没花钱，炖了给警察戴维吃。"老先生就说："就给警察戴维吃。"银秀还喜欢克扣年老顾客点的菜。银秀说："他们反正吃不了这么多。给多了浪费。不如加到警察戴维的份里，让他吃个大饱。"老先生就说："让他吃个大饱。"

　　后来小小的金草城出了一件大事。警察戴维几天都没来吃午饭。谁也没有想到平静如水的小城居然出了大案子。金草城唯一的一家银行被抢了。三个墨西哥人冲进银行。这是三个笨头笨脑的抢劫犯,进了门,二话没说,开枪打死了两个和善的收银员和三个顾客,就抢钱。钱倒没抢到多少,因为都在保险柜里,把收银员打死了,他们也得不到密码,抢了柜台上的几百块现金,就跑了。跑不多远,破卡车又坏在金草地里。没出一个小时,三个人全被警察戴维抓住了。

小城里乱了起来。一下死了五个人。小银行关了门,来"金草餐馆"吃饭的人都神色惶恐。大家先往那个小银行门口送花,后来就争吵着要把那个小银行给拆了。银秀也去那个小银行门口看过。她不是来送花,她是来给警察戴维送饭。警察戴维和他的黑狗在那个小银行附近转悠,神色悲痛。银秀给他送去的饭他也没吃,给了那条黑狗。银秀很伤心。

一个月后,小城表面上平静下来。市民们把小银行拆了,竖起了五个十字架。金草地里吹来的不再都是爱了。那五个十字架立在小城里,从此,日日抱怨着活生生的邪恶。

警察戴维总算回到"金草餐馆"吃午饭了。他点了很多菜,和他的黑狗大吃了一顿。银秀高兴极了,从下午到晚上就没停地哼着家乡的小调儿。到快打烊的时候,银秀的小调突然停了。

警察戴维自杀了。

金草城家家的电视都打开了。州里的警察长官在读警察戴维的遗书。警察戴维在遗书里说:在小城五人命案发生的一个星期前,他抓到过三个罪犯中的一个。因为罪犯超速开着一辆破卡车。警察戴维发现卡车上有枪。罪犯说枪是他的。警察戴维在核对枪号的时候读错了一个数字,所以没有查出枪是罪犯偷的。警察戴维说他本来可以阻止这场悲剧,但是因为他的粗心,悲剧发生了。这是他的失职。他不能面对五个十字架而心安理得地活着。自杀是他对自己失职的惩罚。州警察长官读完遗书后说:警察戴维是最忠于职守的警察。他善良诚实的灵魂对照出什么是邪恶。

金草地上的黄花成了一些碎字,拼不成意思了。银秀哭了一夜。到第二天中午她才蓬头垢面地开了门。在门口等着的顾客是警察戴维的黑狗。黑狗走到警察戴维常坐的餐桌前坐下,等着。银秀就大哭起来。一边哭一边喂了黑狗一盆肉。黑狗就沿着警察戴维每天巡逻的路走了。

小银行的废墟上竖起了第六个十字架。警察戴维的黑狗每天都到银秀的餐馆吃午饭,吃完了巡逻,晚上就睡在那十字架下。银秀的"金草餐馆"里挂起了一个新条幅:"童叟尤欺,普爱生灵"。

人们都说连金草地的蛐蛐们都知道什么叫"忠实"。

老蒋小时候

老蒋的爷爷会唱戏。一条小戏船在大运河上漂，黄水黄土就黄风，唱的是天下最土的戏——淮剧。一句戏词冒出口，直不起腰的地瓜藤子拖了八丈长，中间还折三折。要断不断，有气无力。无论唱什么，听起来都像小寡妇哭坟。苏北苦，唱戏取乐也带着哭腔；运河上弄船的更苦，寻开心也是从更苦的戏词里品出来的。老蒋的爷爷就这么苦巴巴地在大运河上给船夫农民唱了一辈子戏。吃的算是清闲饭，生了一船的儿孙，个个都会唱一嘴。到临死，他留给子孙两个字："躲"和"比"。穷山恶水出刁民，赶小船的撞见赶大船的，"躲"。穷日子好过不好过，各人的本事就在"比"字上。这要看各人，要是看着人家遭殃了，自己还没有遭殃，那穷也是好的。会"躲"的，一辈子无灾无难；会"比"的，再穷的日子也能过得下去。不会"躲"的，风平浪静也会翻船；不会"比"的，就只好穷苦到死。有这两个字在，幸福就在你手上了。

以这两个字为座右铭的人家，在运河上下有千千万，大人小人都会运用。到了老蒋这一辈，"躲"和"比"有了新发展。"躲"，不仅是运河船家和河岸两边农民的信条，而且也成了城里文人的信条。一个文质彬彬的城里人来到运河边。他用草帽遮着脸，在茅房里掏类。见人就躲着绕着，也不说话，一副倒霉蛋的模样。这让河上岸上的人很吃惊。于是就有一些与老蒋（那时候还是"幼蒋"）一般大的运河子弟决定把靠"比"换来的快感扩大化。从过去的经验中他们知道：凡躲着他们的东西在他们之下。就像他们可以踢狗打猫一样。踢了狗打了猫，他们并不发财，就像不踢狗打猫他们也发不了财一样。不过，他们可以在猫狗的哀叫声中发现自己的主子地位。他们的父母见了干部就客气地点头哈腰，回家打起他们这些小鬼来，跟那些干部一样严肃。人就是一层压一层摞起来的，小孩子下面只能是狗是猫。如今有这么一个白脸老鬼连他们都躲，那他们还不拿这个不声不响的外乡老家伙试试威风？

小孩子先用梧桐果砸白脸老鬼，看看干部没管，就换成土圪垃砸，再看看父母也没管，胆子就越发大起来，土圪垃砸又换成了屎圪垃。白脸老鬼身上就整天臭烘烘的。这天咱们的"幼蒋"去茅房拉屎，后脑勺无缘无故挨了一屎圪垃。"幼蒋"一头恼火，放了一个屁，追出去就打。白脸老鬼草帽遮脸一声不响躲在墙角。

　　小孩子中也是分等的，"幼将"家有个姨父当会计。"幼蒋"家堂兄表弟多，一排站在戏船边上撒尿，撒出来的就是山洪暴发。所以小孩子当即作鸟兽状散了，"幼蒋"一个浑球也没捉到。第二天，咱们这个长着两条芦柴棍子腿的"幼蒋"就两手叉腰，龇着大牙站在茅房门口等着。该躲着他的小鬼犯上作乱，打了他。这个仇不能不报。报仇不是上下之间的事，是平辈之间的事。比你高比你有地位的人打你，那是你活该。毛病在你自己不忠不孝。为啥"比"是真理？因为"比"把等级次序定了，也就把快感的源泉定了。"幼蒋"站在茅房门口等他的"快感的源泉"冒头。

　　等了十天，一个小鬼也没敢再来。那个白脸老鬼却把草帽推推说话了。他问"幼蒋"要不要学外国话。他说：现在没用将来说不定有用。"幼蒋"说：你说句我听听。白脸老鬼就咕噜咕噜说了一长串。"幼蒋"歪着脑袋一听。嗯，比唱那个小寡妇哭坟的淮剧好听。就头一点应下了。

　　"幼蒋"爷爷传功夫是不传外姓的。就这么几碗饭，分了自家儿孙就没得吃。白脸老鬼无儿无女，他决定把本事传给"幼蒋"的时候，叫"幼蒋"不要对外人说，"幼蒋"立刻心领神会。每次悄悄来悄悄去。

　　等"幼蒋"长成了"小蒋"，突然有一天，站在船帮上，头一仰,高亢有力地吼了一句普希尼。那个声音石破天惊,把运河上的黄水黄风都震散了腰。可惜这样的绝活白脸老鬼就教了他一句。怕他把学说外国话的事儿给走漏了。

终于有一天会说"外国话"成了真本事,土得掉渣的淮戏船上居然冒出了一个"英文老蒋"。之后,老蒋天马行空,一条大路到美国。

有了子女后,老蒋爱讲家史,一时高兴还会在那怪腔怪调的淮剧唱词中突然吼一句普希尼。只此一句。老蒋说:我是黄埔传人。白脸老鬼是黄埔英文教官。

老蒋在"幼蒋"时期无意中做的一件善事,成就了他一生那句石破天惊的高音。

拆墙篇

● 宽广的自由

世界原本就该是参差多样，不能相容的不是多样的世界，只是人造的墙。

穿蓝花棉裤的小孩

一、孩子和妈妈

有一天下雪,刚下过就出了太阳。雪很柔软,太阳也不热烈。旱桥下没有水,但是桥洞依然固执地拱着,桥还是桥。桥头有一棵石榴树,弯弯的枝丫上托着无数个雪朵儿,每一朵都是笑着的。太阳也是笑着的,只是笑得苍老一些。这样的雪在我的老家每年都是要下一两场的。

我在这样一个有雪和太阳的中午从学校回家。那座旱桥就在我们家门口不远,看到旱桥就到家了。那天的旱桥被雪描成白色的。我远远地看见白色的桥顶上,有个穿蓝花棉裤的小孩在跺着小脚踩雪。小孩穿着白毛衣,没穿棉袄,蓝花棉裤是背带裤,胸前高出一小方块,被两颗大大的红纽扣很神气地吊住。穿蓝花棉裤的小孩把小腿抬得很高,使劲踩下去,一条小腿全陷到白雪里去了,他又使劲往外拔,样子很可爱。我向旱桥走去,心里说:这个小孩真漂亮!

等我走上旱桥,却发现这个穿蓝花棉裤的小孩就是我的小儿子。小儿子不到两岁,没想到他居然躲过外婆的眼睛,自己从家里跑出来玩雪了。

后来,我常想到这个雪天。我对自己说:所有的妈妈都认为自己的孩子是最漂亮的,但我在那个雪天说"这个小孩真漂亮"的时候,没把他当作我儿子。所以我这个小儿子一定是真漂亮。等我儿子大了一点,我也把这个"穿蓝花棉裤小孩"的故事讲给他听。我讨好他说:"这下你知道了吧,你是很漂亮的小孩,真的。"

我每天要向儿子表忠心,说:"妈妈永远最喜欢你。""你是全世界最可爱的小孩。""你妈一天到晚犯错误,小孩子就从来不犯错误。""大人都有缺点,就是我那个'穿蓝花棉裤小孩'没有缺点。"我的这些甜言蜜语,是钙片、鱼肝油、娃哈哈儿童营养液。把我家这个小人儿鼓得昂首挺胸。

其实,我对自己能不能当好母亲是没有信心的,我总是犯错误,生活随便,不会买衣服,不会织毛衣。不过我那个"穿蓝花棉裤的小孩"却每天都很自信地当着好儿子。不仅当好儿子,还当好孙子。他四岁的时候随我到了美国夏威夷,我读哲学博士,是单亲母亲,他就整天在一群哲学研究生里鬼混。小儿子信心十足,要给自己找一百个爸爸,都是要黑头发,还要再叫他妈(就是我)给他生一百个弟弟,全是弟弟。我一口答应,又硬给他加上了一个妹妹,算起来我要生一百〇一个儿女。我儿子对我们两个人创造的大家族还不满意。在外公去世之后,他就一心想把圣诞老人介绍给外婆。这样他就可以得很多玩具。他外婆可不是他妈,外婆干了一辈子革命,以长脸为特征,万事严肃认真,没有幽默感。外婆断然拒绝了小外孙给她做的大媒,说:"你这个小浑球,简直太不像话,居然拿外婆去换玩具!"小儿子很扫兴。我对他说:"你不要着急,等你妈长老了,我就嫁给圣诞老人,给你要很多玩具。"外婆说:"有你这么教育小孩子的吗?没上没下,没有规矩。"

小孩子的世界是童话,干吗要把大人世界的规矩早早地教给小孩?教小孩子竞争,奋斗,说大人话,讨好师长,是教小孩子怎么变成生活的"工具"。那还不如教小孩子去寻找"美",让他成为会品味生活的"人"。其实,美丽的童话世界里并不需要有真的金币,真的皇宫,真的糖果小屋,有色彩就行。我那时是个穷学生,要什么都没有。不过,这没有关系,我和我的"穿蓝花棉裤的小孩"可以一起编童话呀。我们的童话可以编得很大,很美,很滑稽。童话里是什么都可以有的。我对儿子说:"世界上有两种富裕,一种是有钱的富裕;另一种是智慧的富裕。有第一种富裕,可以让你用完你的一生,有第二种富裕,可以让你检验你的一生。你妈很聪明,你也很聪明,我们有第二种富裕。"

在我们富裕的童话里,世界上全是快乐的椰子树,椰子树下有小风,椰子树上挂着一盏大灯,叫"月亮"。"月亮"灯前坐着无数个贝壳般闪亮的小人,这些小人的名字叫"星星"。每个星星都有故事,这些故事很长很长,永远也讲不完。"永远讲不完"的意思就是"无限"。在无限的国度里,我们人的故事趋于零。我和儿子都是"零",我们俩一样大,也一样小。我们两个可以一起爆炸,像两个快乐的小原子。爆炸的时候能让我们的"零"字闪一下。闪一下,线路正常,生命很好,检验通过,这就是我们的故事在无限里的意义。儿子对"无限"感兴趣了一段时间,并且得出了无限的一半还是无限的结论。

在这样的大童话里,世界分工得很好。当成人关心股票市场涨落的时候,儿童关心着星空。我家这个"穿蓝花棉裤的小孩"第一个愿望是要当宇航员,去访问那些飘浮在无限里的"贝壳小人",搞清楚它们为什么总是闪个不停。

二、孩子和爸爸们

除了无限国度里的大童话,在那个趋于零的有限国度里也有许多小童话。这些小童话也很好,它们是电流,在"零"线圈里流过。

　　儿子宇航员当了几天,突然又要当画家,画了一天的画,画的人居然是大哲学家维特根斯坦。他画维特根斯坦,这让我很高兴,漂亮人当演员,丑人当哲学家,前者是人生的表象,后者是人生的骨髓。维特根斯坦是个率真之人,他漂亮,因为他在有生之年中,从来没有完全沦落为哲学家。他当兵打仗,到乡村当小学教员,照本宣读出来的句子被他叫作"死尸"。他站在语言表达能力的边界,叫人们"闭嘴"!这样的人率真可爱。小儿子能在哲学系墙上那一溜陌生的丑哲学家照片中,选出这个漂亮的来画,这让我觉得有一点像算命的预兆,就像过去,村庄里的老人让小孩子抓阄一样。抓着笔墨的,将来为仕;抓到铜钱的,将来发财;抓住胭脂的,将来好色;抓住土豆的,将来种田……我儿子抓到了维特根斯坦,他将来恐怕是既有美的表象,又有真的骨髓吧。生命的句子应该是活的,光有生命的表象或光有生命的骨髓,都不是真人。我对儿子说:"画得好。你画的这个人是少有的几个长大了还关心星空的成人。"

　　遗憾得很,儿子才当了两天宇航员,三天小画家,数理天文,艺术欣赏,一一天分初露,却突然投笔从戎,就想去抗洪救灾,扑灭山火,一心要当救火员。我对孩子的合理要求，一向是有求必应，但救灾救火这样的事情是我不能满足他的。我心里很过意不去，就把遗憾告诉了他的"爸爸一号"。这位"爸爸一号"是他那一百个爸爸之中的"一号种子选手"。黑头发，爱尔兰和意大利人混血，是我哲学系的同学。"爸爸一号"说："小孩子要做服务了。我带他去就是。"

于是，小儿子就得了一个工作，倒不是救灾救火，但和"救"字有点联系。是每个周末到城里所有电影院去检查厕所。如有马桶漏水堵塞，立刻报警抢救。这样的事"爸爸一号"带着小儿子兢兢业业做了一年。这期间，儿子又看中了"爸爸二号"。

"爸爸二号"不是黑头发，是金头发，也是我的同学。这个同学可不是一般的哲学博士，他是全美滑雪冠军。因为他是冠军，头发不黑也被儿子破例升为爸爸候选人。"爸爸二号"人高马大，见什么吃什么。健壮如斗牛士。他和儿子的交情始于披萨饼回收。儿子花了两块钱，买了一个披萨饼，在我们研究生的休息室吃。把中间吃了，留下四根硬饼边放在盒子里不吃了。见人来就摇着盒子说：卖面包棍子，一块钱一根。"爸爸二号"来了，把四根饼边都买走吃了。儿子得了四块钱。第二天，又买了一个披萨饼，吃了中心，再继续卖四根饼边，依然一块钱一根，绝不降价。我看着不像话，对他说："不准卖了。

穿蓝花棉裤的小孩

这个"穿蓝花棉裤的小孩"第一个愿望是要当宇航员，
去访问那些漂浮在无限里的"贝壳小人"，
搞清楚它们为什么总是闪个不停。

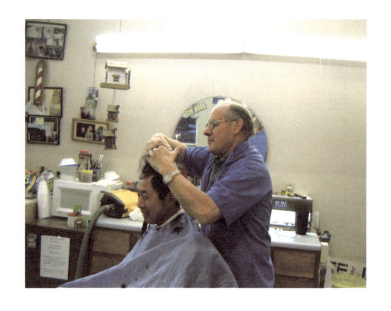

不变
·······
老约翰整天红光满面，
一边笑眯眯地转动着大大小小的脑袋，把它们修成一个式样；
一边向那些理发刀下的脑袋们灌输着简捷的人生哲学。

自己吃剩下的东西还卖,这不是投机倒把吗？"儿子说:
"怎么不能卖？'旧物回收'卖的不都是用过的东西吗?这
是公平买卖。"

儿子和"爸爸二号"的生意旷日持久,越做越大。有
的时候,他骑在"爸爸二号"的肩上兜售披萨饼边,还有一
些研究生跳起来抢购。不久,儿子的生意挣到了三十块
钱。"爸爸二号"带着他把钱捐给了"儿童癌症中心"。"爸
爸二号"见人就说:"我们这个小孩子很会募捐。"儿子回
来后,又找了七十本他自己看过的小人书,捐给了宋庆龄
儿童基金会的希望工程。他说:"亨尼("爸爸二号"的名
字)说,他健康,他希望生病的孩子都健康。"

"爸爸三号"是儿子的铁哥们儿。棕色头发,蓝眼睛,
个子不高,却又喜欢冲浪,又喜欢打篮球。他在亨尼毕业
之后,代替了"爸爸二号"位置。亨尼把自己的大冲浪板
给了"爸爸三号","爸爸三号"就把自己的小冲浪板给了
儿子。"爸爸三号"拖着大冲浪板在沙滩上走,儿子拖着
小冲浪板跟在后面追。蓝色的大海精神很好,推着一群
此起彼伏的儿女,热热闹闹奔向陆地,在沙滩上扔下一
圈白色花环,转身就走。沙滩是金色的,远处还有两棵椰
子树,一高一矮,像剪纸,扁扁地贴在一个角落。"爸爸三
号"嫌儿子走得慢,就把儿子扛在肩上,一边夹一个冲浪
板,背后背一个大背包,向海边走去,结果被当地报纸记

者拍了一张照片登了出来。题目叫"辛苦的爸爸"。

"辛苦的爸爸"每个周末都把儿子接走，跟他的两条大狗睡。儿子每次回来，头上都多了一些狗味。有一次回来，不仅多了狗味，还带回来一本大书。儿子一声不响，趴在厨房里看。过了一会儿工夫，突然臭气冲天，我跳到厨房一看，儿子把臭袜子、酸奶酪、烂葡萄、臭骨头、狗食、鱼食、死蟑螂放在一个大锅里煮。旁边放着那本"爸爸三号"给的大书。书名叫：《科学试验：怎样制造臭味》。儿子制造的臭味非常成功，三天内我和他都臭烘烘的。"爸爸三号"很得意，说："我们这个小孩子可以当科学家了。"

儿子给自己找的这些爸爸，个个都很爱他。他们和维特根斯坦多少都有点相似。他们把儿子的身高划在哲学系办公室的门后，还标上日期，有的时候，某一个爸爸粗心，没量好，儿子不但没长，还缩了。儿子就会很着急，天天打篮球。于是，某个爸爸就会带他到镇上参加镇篮球队联赛，打季节赛。儿子参加的队都是常败将军。有时，打了十场输了九场，但最后一场赢了，于是一举定乾坤，就像场场都赢一样。美国的儿童队裁判也很大方，十个队，不管输赢，队队得一个金杯回来。儿子转了一圈，从要当宇航员转到了要当篮球运动员。所有的爸爸对这一点都大为支持。不是这个陪他练球，就是那个陪他练球。还让他混到哲学系研究生球队里和哲学系的教授队打比赛。那意思明显是让教授们一把，居然还是赢。跟着一群人高马大的"爸爸们"胜利归来，儿子就真成了麦克·乔丹。我对他抓阄抓到的那个"美"和"真"的大好前途的期望，到这候，就只能具体化成两个字："健康"。

三、孩子长大了

儿子在夏威夷长到十一岁，忘记了雪是什么样的。夏威夷人在每年圣诞节前后会从美国本土运一飞机雪来，放在广场上让小孩子玩。等雪到了广场上，已经成了小冰粒，小孩子可以分到巴掌大的一块地盘，用小冰粒堆一个巴掌大的小雪人。眨眼就化了。儿子去玩了一次，回来说："那不是雪，是刨冰，不能堆雪人，只能做冰冻果汁。"

儿子对雪的好奇心很大，他又问一个从犹他州来的孩子，雪是什么样子，犹他州来的孩子说："雪能让人烦死。"后来，因为我的工作，我们搬到了有很多雪的伊列湖边。儿子在对雪的一阵狂烈热爱之后，突然懂得了"雪能让人烦死"原来是个真理。下雪了，白茫茫一片，花没有了，草没有了，不能玩，不能打篮球，哪里也不能去，只能待在家里。

那个周末，雪下个没完，让人百无聊赖。我们家附近有一所高中(美国初中两年,高中四年)正在给高中毕业生考SAT大学联考。我说:"儿子,你实在想出去玩,就到那个中学里去玩吧,跟人家要份卷子做做,一上午就过去了。你不是数学很好吗。"于是,儿子就去了。在考场临时签了个名,要了一份卷子做了。那时他六年级,还没上初中。当然和大学没关系。填成绩往哪几所大学送的时候,考场的人建议他就送到约翰·霍布金斯大学的"天才儿童中心"吧。

因为这次考试,不久,儿子收到了约翰·霍布金斯大学"天才儿童中心"给的500美元奖学金,因为他SAT考得好。那奖学金给他到附近大学去任选一门课上。儿子这下非常后悔,他为什么要去考那个试呢?这不自己给自己找麻烦?还得到大学去上一学期课,玩的时间没了。

那时,儿子已经有了"爸爸×号",他的"爸爸×号"连哄带劝,把他带到大学去办学生证。儿子坐在相机前等照相师拍照,照相师说:"小孩子,你站起来,让你爸坐在那里拍照。""爸爸×号"赶快解释:"来上学的是他,不是我。"照相师很吃惊,儿子却难为情得无地自容。他为什么要混到大学里来?他有自己的小朋友,跟他一般大。

因为那500美元奖学金,儿子硬着头皮在大学里选了一门"微分学"。每次去上课,自己都不好意思拿那本重得像砖头一样的数学课本,要"爸爸×号"替他拿着,送到门口,他低着头,到了门口,从"爸爸×号"手里抽过书就钻进教室,大学生们都笑。不久,儿子发现了和大学生一起玩的好处,他们总让他赢,不跟他计较。第一门大学课程,儿子得了"A"。第二学期,"天才儿童中心"又送来500美元钱,儿子又选了一门"大学几何",又得了"A"。

2001年,美国著名的约翰·霍布金斯大学"天才儿童中心"第一次在全国中学生中选择天才儿童,从八年级开始给他们"Jack Kent Cooke"全额奖学金。这个奖学金数额高,年数长,被选中的孩子可以用此奖学金一直读完博士,全额可达30万美元。在中学期间,每个孩子还有一位天才儿童中心的指导教师指导他们选课和做社区服务。第一年,在全美国有35个幸运聪明的孩子被选中了,儿子是这35名幸运儿之一。当时,这些孩子的名字不对公众公开,因为"天才儿童中心"认为,新闻媒体的介入会干扰这些孩子的成长,让他们以为自己与众不同很不好。所以,儿子一切如旧,和任何一个孩子一样,去滑冰,去钓鱼,去考狩猎证。

八年级(高中第一年)的第一年夏天,这35个十二三岁的小学者被召集到华盛顿开会,参加夏季训练班,集中学习了两个星期。儿子回来之后,我问他:你们都学了些什么东西?他说:我们学了十天的《美国宪法》。老师都是美国著名的大律师和法律教授。我问他有意思吗?他说:很枯燥。我又问他:为什么要叫这群聪明孩子学宪法?他说:老师说的,现在的很多领袖、议员不懂宪法,所以做不尊重宪法的事。等他们长大了,他们要当了领袖,就要当懂宪法的领袖。

因为有JKC奖学金,儿子上了一所很好的男生私立中学。他的选课,夏令营,课外音乐训练,出国学习,参加竞赛,都由他在"天才儿童中心"的指导教师安排。我基本上管不了他的中学生活。中学又是孩子有自己小圈子的时候,儿子也有这样的小圈子。除了上课,打篮球外,他和几个要好的小哥们儿每周至少有一天要到贫困收容所为无家可归者服务,或到残疾儿童医院去陪残疾儿童做游戏。

突然有一天,儿子向我宣布:他是共产主义者。因为他不喜欢美国社会的不平等。他说:如果一百个穷人的孩子中有五十个是智慧富人,一百个富人的孩子中也有五十个是智慧富人,为什么上哈佛、斯坦福这些顶尖大学的学生不是一半穷人孩子、一半富人孩子? 而是大部分富人孩子,只有少数穷人孩子。这是不平等。

这让我很吃惊。我没有想到,我把儿子带到美国,却把他培养成了共产主义者。但是,有一点我知道:我的那个"穿蓝花棉裤的"小儿子长大了。一百个弟弟加一个妹妹的家庭对他来说也是太小了,他要管社会上的事了。

他和他的小圈子里的朋友,不是共产主义者,就是社会主义者。儿子在墙上贴了一个标语:如果你给穷人食物,他们就叫你"上帝";如果你问穷人:你们为什么没有食物,他们就叫你"共产主义"。

对不平等的认识,是关怀人类的开始。不过,儿子的共产主义小组并不搞运动。他们讨论穷人富人问题,讨论战争和平问题,当然,绝大多数时间他们还是讨论篮球赛。出去活动,也不过就是做各种社区服务。遇到学校开舞会,带一个小圈子里的漂亮姑娘去,既志同道合,也很浪漫。

后来,儿子在十一年级(相当于国内高二)的时候,就被斯坦福大学提前录取了。专业,他想来想去,又回到了儿时的第一个兴趣:天体物理。这下子,他真要成为少有的几个还关心星空的成年人了。他的高考在我们的生活中似乎并不是一件天塌地裂的事。不过儿子写给斯坦福大学的作文倒是让我很感动。他说:

> 我小的时候,是在一群聪明而贫穷的哲学家中长大的。这些哲学家,有的光头,有的戴眼镜,我经常听他们很认真地谈什么是"幸福"。我妈妈是他们中间的一个,没有钱给我买玩具。有一年,过圣诞节,我给圣诞老人写了一封信,说我很想要一

盒有92种颜色的蜡笔。在圣诞节的早上，我看见我们家那棵小小的圣诞树下，放着一盒92种颜色的蜡笔。看到那盒蜡笔的时候，我真幸福。我的小朋友有36种颜色的，有56种颜色的，但我的这盒是92种颜色的。在那个时刻，我不知道还有什么其他高级的玩具能让我比得到这盒蜡笔更幸福。如果，很小的东西能够带来很大的幸福的话，那么幸福一定不是和物质的多少必然相关的。

关于这盒蜡笔的事，我已经一点印象也没有了，不知是我自己还是他的哪号爸爸给他买了这盒让他读懂"幸福"的蜡笔。我感激那盒蜡笔，让他看到92种颜色的幸福。

说起来，我不知道我都教了儿子些什么。小的时候教他背了一些唐诗，结果，他全忘了。等于没教。他一路自己找爸爸带他玩，从上八年级起就是全额奖学金，也没用得着我养他。似乎我就这么胡打胡闹似的把儿子带大了。

儿子离家上大学之前，我把他小时候穿的那条蓝花棉裤找了出来，给他看。那条蓝花棉裤小得装不下他一只胳膊了。儿子就笑，说："这是我穿过的吗？"在那个时候，我对他的所有期望突然变得非常简单，不过就是：快乐，健康，博爱。

不变

　　我们这个小镇有一所大学，一个麦当劳快餐店，一个披萨屋，还有一家"老约翰理发店"。我们只有这么多社交场所。教授在大学里教书，学生在麦当劳和披萨屋打工。教授和学生都在"老约翰理发店"里理发。

　　"老约翰理发店"已经开了五十多年了，五十多年来老约翰给一代代教授和学生剪头，永远只有一个发型：后脑勺从下到上，头发由短变长，到了额头，不管头发多头发少，一律剪成平平的一条线，划在离眉毛两厘米的上方，像二十世纪三十年代中国姑娘额头上留着的刘海儿。这使得我给学生们上课的时候，十分赏心悦目，一屋子漂亮学生，不管男女都是一样的发型。平平地刘海儿底下就是一些蓝眼睛，一双双被刘海儿衬托出来，清纯明亮，找一双出来对视一下极其容易。我想，学生看我也一样亲切，因为老约翰也给我剪了一条和他们一样的刘海儿。等某个人的刘海儿离眉毛的距离从两厘米变成一厘米或半厘米的时候,其他人就会提醒他或她:嘿,你该找老约翰去了。

老约翰理发的价格和他剪出的发型一样,也从来不变。五十多年,随便物价如何上涨,老约翰给人理发都是五块钱。从我们这个小镇出去的人,很快发现在大城市里理个发至少也要十来块钱,于是,即使头发长了,只要有可能也要留着回来找老约翰剪。所以,老约翰很忙。他整天红光满面,一边笑眯眯地转动着大大小小的脑袋,把它们修成一个式样;一边向那些理发刀下的脑袋们灌输着他自己简捷的人生哲学。他说:"我为什么要涨价?什么东西要变化了都不是好事。我年轻的时候没有皱纹,姑娘喜欢亲我。现在我变老啦,满脸都是皱纹,大家都尊重我,可姑娘不亲我了,只这么轻轻拥抱一下。这好吗?变化是什么?变化就是不正常啦。你们大学的教授、科学家整天在忙着干什么呀?在忙着找出不正常的原因,好让人、事儿恢复正常。我若一涨价,他们就会说:'老约翰的理发店不正常了'。所以,我只要一切正常。"

老约翰的日子每天基本上都是"一切正常"。他理发店后面的小溪天天流着和前一天同样清澈的水,他理发店前面的鸟架子上天天停着一群愉快的蓝乐鸟,他的玫瑰花到了春天就高高地爬在墙上,探头探脑地在窗前对里面的客人点着多情的朵儿,他的休息日必定是带着女儿在绿茵茵的高尔夫球场上玩一下午。

后来,我们大学来了一位教数学的年轻教授。这位教授是上海人,据说精通术数。他生在大城市,又是从芝加哥来,所以刚来的时候很有一点和我们这个小镇格格不入。学生们暗地里笑他油亮的头发二八开,分出了一条白亮的杠。学生们给他起了个绰号叫"不等式"。尽管三个月后,他的"不等式"被老约翰毫不留情地推平了。他额前也挂下来一条傻乎乎的刘海儿。可那条刘海儿依然没有把这"不等式"的绰号掩盖掉。

"不等式"来了六个月后,我发现"不等式"有两个习惯。一是每隔两个星期就要去"老约翰理发店"理发(所以他的刘海儿总是离眉毛两厘米);二是每周三都要等在我的教室门口,有一搭没一搭地跟我谈话,谈"变化即新生",建议我把我们小小的"亚洲学习小组"改名为"亚洲文化中心"。直谈到我教室里每一个学生都走光了为止。

有一天,老约翰的女儿简妮来找我。简妮在我班上,是一个极标致的金发小美人。她说是来问问题,可问题没问两句,就转去谈"不等式"的滑稽。简妮边说边笑:"'不等式'上课脸对着黑板,从来不看我们学生,他是全世界能在五十分钟里在黑板上写字最多的人。"简妮还说:"他说英文很难懂,我花了两个星期也想不出他说的

'etch'是什么意思。半学期后,我终于猜出来了,他说的是'Letterh(字母h)'。"我也跟着笑,心里却突然明白了原来"不等式"醉翁之意不在酒。他是看上了简妮。

教授和学生谈恋爱,在美国大学里是大忌。所以"不等式"做得非常隐蔽。他从来不约简妮单独出去,却对简妮关怀备至。简妮再次跟我谈起"不等式"时,口气已经从取笑变成了欣赏。简妮说:"他说我是金嗓子,等我毕业,他要帮助我到匹兹堡去当歌剧演员。"

简妮毕业的那个夏天,我在"老约翰理发店"碰巧撞上老约翰在给"不等式"剪头。老约翰按住"不等式"的头,一边剃他的后脑勺,一边说:"女朋友今天可以爱你,明天可以不爱。只有你妈对你的爱永远不变。你要对你妈比对女朋友好。""不等式"含糊不清地说:"爱母亲是爱过去,爱女朋友是爱希望。过去永远不会变了,所以不必费心,女朋友琢磨不定,追起来才让人兴奋。"老约翰不同意:"你以为明天就会比今天好?琢磨不定的希望就能比平淡的过去好?""不等式"说:"人类进步的趋势总是明天会变得比今天好啦。"老约翰说:"那是你的'人类'在自己骗自己。地球没有想要毁灭人类,等它要的时候,所有人造的文明不过就是一个玩笑。我们在这个地球上糟蹋,人多了,楼高了,活得长了,这就叫'进步'?我还不如不要这进步,就停在几十年前,藏在母亲围裙下嬉笑呢。"

老约翰的哲学当然没能说服"不等式"放弃他崇尚变化，热衷于更名革新，天天折腾新花样的嗜好。"不等式"也终于没能说服简妮放弃她和她老爸那种平庸的小镇生活，到大城市里去唱歌剧。结果倒是"不等式"又在大城市里找到了工作，走了。走之前，他对我承认了追求过简妮，但失败了。"不等式"说："我就是想不通，她怎么就是不要求进步，跟她老爸一个发型。"

后来我也离开了那个小城。几年后再回去的时候，城里的大学生们发型乱了，还有染成橘红色的，好像他们脱下了一套朴素、和平的制服，换上了一些吵吵闹闹的戏装。我路过"老约翰理发店"时，看见门口的标价涨成每人七元了。我想起老约翰的话："变化就是不正常啦"。

果然，老约翰死了。简妮嫁了一个木匠。

蓝鸟啾啾

蓝鸟叫了。鸣声上下，欢快，清凉，如同流水击在淡青色的磐石上，溅起一粒粒薄荷糖般的音符。

蓝鸟总是在男人和女人还没有醒来的时候叫。蓝鸟一叫，男人就醒了。男人照例伸手一摸，女人却不在了。男人立刻跳起来，看见女人正趴在窗口看蓝鸟。一头金发披到腰间。男人走过去，轻轻抚弄女人的金发，女人的金发让他喜欢。女人侧过脸，用清如蓝鸟鸣声的蓝眼睛望着男人，说："蓝鸟下了四个蛋。"

男人看见正对着窗口的树杈上，那个蓬蓬的鸟巢里躺着四个白如玉石的小鸟蛋儿，那精雕细琢的壳儿似乎半透明，恍恍惚惚现着一呼一吸的神秘。蓝鸟站在鸟巢上方的一根细枝上快乐地叫，那细枝轻轻颤动，点着鸣声的节拍，鼓舞着清晨的小风。男人一笑，在女人脸上亲了一下，把手放在女人的肚子上。女人就要生孩子了。

男人是从一个很穷的中国渔村来的。他知道男人是要娶女人的,也知道男人是要当父亲的。但是他从来没有想到会娶一个金头发的洋女人,而且这个女人就要给他生孩子了。他给女人讲过很多遍他母亲生他的故事:渔船在一条长长的江上行着,满天星星。江风把细浪一排排推向两岸的山崖,在黛色的绝壁下撞成泡沫。男人的父亲拿起一把大剪刀,在江水里洗净,又在渔火中把刀口烧得发蓝,然后高高举过头顶,对着月亮拜了三拜,等那剪刀在纯洁的月光里冷却,父亲一刀剪断了连接男人与母亲的脐带,男人便诞生了。当他第一次用自己的声音哭的时候,那带着水腥味儿的江风就融进了他的呼吸里。

女人的蓝眼睛瞪得大大的。她从来不知道自己诞生的故事。她和所有的美国孩子一样是在医院里生出来的。乏味。女人讨厌医院的气味。那种气味不像人的气味,倒像是修理厂的气味。

男人是在山和水的怀抱里长大的。他儿时的故事大多是关于寻找食物。在苇塘里抓螃蟹,上山逮野兔,竹竿上粘一团面筋儿满树粘蝉,粘到了扔在火里烤着吃。能吃的果和茎他全认得。饥饿教会了他无数求生存的本领。

女人羡慕不已。她从来不知道食物也是幸福的一个原因。她从小就恨餐厅的嘈杂,吃饭对她只是一个任务,就像老师硬留的家庭作业。面包、奶酪对她来说不像是人的食物,倒像是加到机器里的油,不过是为了让"机器"转动而已。

男人到城里上学。夏天把书包顶在头上,在运河里游十几里地。湿淋淋地站在太阳下晒一晒,就进教室上课。冬天沿着河岸的铁路线奔跑,跑到学校,钢笔里的墨水都冻起来了。男人这样一天一天不停地跑着,从渔村跑到城市,从小船跳进大学。跑着跑着,男人把贫穷和愚昧给丢了,跑着跑着男人闯进了女人的国家,然后,坐进了汽车,在高速公路上奔驰。男人奔进实验室,奔进超级市场,奔进市政大厅,奔进了这个女人的心里。

女人对男人佩服极了。她上学从来就是在家门口等校车,像机器人一样,铁腿机械地一弯一直,一步步迈上台阶,从小学迈到中学,从中学迈到大学,从大学……她知道下一步应该再迈向一个好工作,但是,她当够了机器人。哪怕是到酒吧狂饮乱跳也摆不脱机器人的感觉。疯狂一夜,不过是机器人的某条线路一时搭错了,明天往汽车里一坐,那些红红绿绿的交通灯就会把你又扭成一个规规矩矩的机器人,更不用说那些职业责任和法律条文。女人想当女人,想当她自己。她遇见了男人。

男人和女人的相遇是因为女人的头发。女人在一本中国的画报上看见一个可爱的男孩子,孩子的头发剪成一种简单而别致的发型,好像一个桃子。一脸生机勃勃的神情都被那"桃子"衬托出来。女人拿着画报,硬叫她的理发师照样子把自己的金头发剪了。理发师不过是另一种机器人,指令一下,他就照着做了。于是女人的金发四周剃了个精光,中间只留了个桃子形,金黄的一撮儿搭在前额。

男人在图书馆看书,看见了那一撮金黄的"桃子"。"桃子"就坐在他对面的桌子前。男人忍不住笑,才笑了一下,就赶快低下头接着看书。书上全是线路和数字,一页一页看下去,男人觉得累了,想放松一下,于是他又抬起头看了一眼那个金黄色的"桃子"。男人又笑。一个下午,男人想笑的时候,就看一下那个"桃子"。女人终于开口了,她问他为什么看她一眼就笑一下。男人说因为他小的时候头发也剪成这样的形状。女人就要他讲他小时候的故事。讲着讲着,男人和女人就开始了他们自己的新故事。

女人是真喜欢男人。

男人对女人说:"没有机器的时候,人做很多事。"

女人说:"我也想做很多事。可是,现在除了当机器人没事可做。"

男人说:"没有机器的时候人很累,我母亲一辈子都是在塘里、江里洗衣服。我四五岁了还光着屁股,穿着个红肚兜儿,这样母亲就不用给我洗太多的衣服。"

女人脑海里便浮现出一条小渔船自浮自横在明静的水面上,一个光着屁股的男孩儿在船上爬来爬去。水鸟儿绕着船鸣叫,母亲把孩子的红肚兜儿浸在水里漂洗,便有鱼儿围着红肚兜儿游来游去,如同古罗马人在玩斗牛。

男人说:"我的父母一辈子都住在船上,他们在船上生了我和我的两个姐姐。"

女人立刻想象出一对男女躺在甲板上,仰望苍穹,想呼就呼,想叫就叫,和着天籁之音,随着地籁之拍,任强风从山峡扫过,无遮无挡,无修无饰,让生命的自由呼唤揉进水沫江涛,如同献给大自然的赞歌。

男人看着她蓝眼睛里的天真,知道了自己也是真喜欢她。面对一个被文明洗涤过的灵魂,男人常为自己残留的粗俗感到害羞,而女人却毫不介意。每次和女人那单纯的蓝眼睛对话时,男人都自认为必须把自己对人生的理解降到中学生水平。他决定要保护她。所以等她的金头发又长长了以后,他们就结婚了。然后,住进了现在这个窗口对着蓝鸟巢的小楼。

到女人快要为男人生孩子的时候,蓝鸟就下了这四个蛋。女人天天都要去看那些蛋儿变成了小蓝鸟没有。她也天天向男人描述蓝鸟如何不辞劳苦地呵护着它的宝贝蛋儿。等那些蛋儿终于变成小蓝鸟之后,她突然向男人宣布:她不去医院生孩子,她要自己生这个孩子。她希望男人像男人的父亲一样,用烧得发蓝的剪刀,为自己孩子的诞生剪彩。

女人以为她的这个决定一定会让男人兴奋。可是,男人只是轻描淡写地一笑,拍拍她的肩说:"别胡闹。"

女人说这个决定是真的。她不愿意他们的孩子重走她走过的路。孩子应该像清晨的露珠,诞生在原野上,而不应该诞生在医院那种充满苏打水气味的"大试管"里。

男人还是笑,说:"没有医生帮助,生孩子会很疼的。"

女人很认真地说:"如果有些痛苦是属于女人生命中的过程,我情愿担当这种痛苦,而不要用机械和药物来把我生命中的一个过程抹杀掉。在生命中,我们能作为人来体会的经历已经越来越少了,而那种经历方是人生之美。经过痛苦之后才能得到的做母亲的快感一定比麻醉劲儿一过便有一个陌生的婴儿躺在身边壮烈。"

男人说:"你根本不知道什么叫痛苦。你以为我母亲喜欢在渔船上生我?"

女人说:"我是不知道什么叫痛苦,但是,我情愿经受痛苦而体验做女人的艺术。像你母亲一样。你为什么不能像你父亲一样帮助我呢?"

男人生气了:"这是绝不可以的。我已经是科学家了,我绝不可能再回头去当接生婆。"

女人却笑:"你以为你得到的比你丢掉的更有价值？"

男人说:"我奋斗到现在这一步,怎么能让我的孩子还诞生在野外？"

女人说:"这是一定行的。蓝鸟还自己养育后代呢。"

男人心里想,女人不过是说一说,玩一玩"叶公好龙"的游戏而已,等真到临盆,她一定会害怕。于是,他便压下性子不再说话了。静等着过几天女人把这些鬼话忘掉。

几天过去了,女人不但没忘,反而煞有介事地准备起来。自己做婴儿服,自己打电话给自己找接生婆。男人不明白女人为什么要这么胡闹。女人却高高兴兴,天天听蓝鸟啾啾,等着婴儿的出世。

离预产期越来越近,女人丝毫没有改悔的意思。男人急得团团转。女人依旧每天跟他讲着蓝鸟如何抚育小鸟的新闻。男人决定要阻止女人这种毫无意义的倒行逆施了。他请来产科医生找女人谈话,医生对她说在医院生孩子安全,没有医学的帮助,婴儿和大人都有可能遇到危险。女人回答说:她要创造的是她自己和她孩子的人性。她不想生一个还没出世就被仪器监视着的现代新奴隶。现代人的脆弱,就是因为得到了文明太多的干涉。她情愿像斯巴达人那样,新生儿一出世,就把他扔进酒桶里去练就一下。

男人认为女人精神出了问题。他又请来心理医生。心理医生跟女人谈了话,然后对男人说:你的女人得了"文明恐惧症",她想摆脱社会。男人不懂社会和生孩子有什么关系。他的女人既然敢一个人面对一次生命的创生,怎么会又是恐惧症?女人冷冷地说:你们这些人是得了"人性恐惧症",连自己的人性都不敢去认识,当这样的人,真还不如做一只蓝鸟。

男人真生气了,他将女人的走火入魔迁怒于这只整日在窗口啾啾叫的蓝鸟身上。当着女人的面,他抄起儿时的技能,用强劲的弹弓狠狠地射向蓝鸟。蓝鸟正毫无防备地为它的孩子们唱着欢快的歌,一颗石弹正打在它碧蓝的胸前,蓝鸟便从属于它的枝头上倒栽下去。

女人惊叫一声,跑下楼去,捧起蓝鸟。蓝鸟的小身体在她的手心里慢慢地僵硬了。女人的蓝眼睛里含着眼泪和仇恨看着男人。第二天,女人和那四只小蓝鸟就都不在了。

男人像发了疯的狮子,到处找女人。女人没有回来。

傍晚,男人垂头丧气地倒在床上。他问了一个从来没有问过自己的问题:他的女人为什么会冒出来那些怪念头?他呆呆地对着那个空荡荡的鸟巢想了很久,直到沉沉睡去。他做了一个梦:一个魔鬼发明了一面魔镜,魔镜把人缺少的东西都照出来了。女人和他绕着魔镜捉迷藏,他往魔镜的正面一站,原本拥有的东西全变得不屑一顾了——山川、河流、红肚兜儿都成了一些扁平而没有色彩的旧照片,而他缺乏的东西却变得无比诱人——钱、公司、文明人的架子像是辉煌耀眼的霓虹灯。魔镜不停地让他上当,让他把原本有价值的东西当作垃圾,一样一样地丢掉,换回一些花里胡哨的把戏。女人跑到了魔镜的反面,对着他大叫:"别扔,那正是我现在缺少的呀!"他不知道他的女人在魔镜的反面看见了什么,于是,他问魔镜:魔镜啊,魔镜,你是怎么做的? 魔镜说:用欲望做的。男人似乎明白了自己做错了什么,又似乎不明白为什么错。魔镜说:不用担心,按着我指示的去做吧,等你的后代跑到我的反面,你的错误自然就由他们替你承担了。男人在睡梦中惊悟:他不该杀死蓝鸟!

蓝鸟死了。婉转的啾啾声停了。

清晨,尖厉的闹钟响起来。在那个没有美感的机械声中,男人醒了,伸手一摸……清晨如同死一般寂寞。

吱吱响的木桥

野猫溪贴着山崖绕出来,远看,像一条细丝线缠在山的肚皮上动也不动;近看,像一个淘气的孩子,一路摇着小拨浪鼓,在青幽幽的杂树林中转转悠悠,忽隐忽现,只听见水声,抓不着影儿。等野猫溪转过一群土红色的房子,便大大咧咧地从一个陡峭的坡上向南跳跃下去,形成一个小小的瀑布。瀑布以下,全是石头,溪流变窄,野猫溪一路东撞西撞,在沿途大小磐石上敲出许许多多奇妙的声音。那些声音或细小如妇人叹息,或粗壮如农人喝牛,嘈嘈杂杂,如同一支九曲十八弯的曲子,唱着一段九曲十八弯的故事……那座在冷风中吱吱响的木桥就架在这段"曲子"快完的地方。过了木桥,野猫溪就消失在大海里了。

靳姆从土红色的房子里出来,一个头发乌黑的姑娘正好进去。

靳姆顺着野猫溪向下游一直走到木桥。木桥上照例有冷风从海面吹来，木桥的老关节里冒出吱吱的声响，像是一个老生命在自嘲自讽。靳姆一直没有意识到自己老了，直到刚才土红色房子里的医生告诉他，他剩下的生命还有两年，他才断然一惊，想到自己的黑发原是染的。靳姆还不能明白这是怎么一回事。他彬彬有礼地活着，善待别人，也善待自己，可生命为什么要这样突然毫无道理地背叛自己呢？他一直奋斗，从一个目标走向下一个目标，几乎没有失败过，可现在，为什么却毫无目的地站在这吱吱响的木桥上，不知往哪里走，而且往哪里走都将走向失败呢？城里，有他的律师楼；海湾，有他的游艇；山上，有他豪华的住宅。然而，对于一个生命只剩下两年的人来说，那些东西还有什么意义？靳姆突然感觉自己像被谁耍弄了一样。他用生命的前五十八年换来了一大堆令人羡慕的东西，但到生命的最后两年，这些东西对他却突然变得毫无意义，这五十八年不是白活了吗？！

"靳姆，"他对自己说，"你玩儿了一场注定要失败的游戏，你赢了很多很多，却一下子输个精光。你赢得越多，你输得越惨。靳姆，如果你早认识到这一点，你还愿意玩儿这个游戏吗？还有必要再往前走吗？唉，只要在人的圈子里，走到哪里又离得开这无聊的游戏呢？"此时，靳姆不想回律师楼，去了结那些无聊的案子，也不想回家，给两个三十好几还依靠着自己的儿子们分配遗产，他甚至不想登上游艇去兜风了，可怜的两年生命，还有什么可炫耀呢?!

靳姆靠着木桥的木墩子坐下来，两手托着下颏，回看着自己下山的路。刚才，良好的教养使他能够在医生面前表现得镇定自若，好像接受一个案例一样接受了医生的宣告。而此时，沮丧就像这木桥的吱吱声一下子从他的心里冒出来，这分明是一只猫爪下的老鼠发出的无奈的挣扎声。他突然发现，自己原来是世界上最穷的人，他的生命要用完了。

那个头发乌黑的姑娘顺着野猫溪蹦蹦跳跳地走下来，靳姆觉得她跳的姿势真好看，好像每一步都踩在生命力的弹簧上，兴致勃勃。风撩起她的上衣，好像在故意向靳姆展示她生命的丰满。靳姆想，如果钱能买到那姑娘脚下的生命力，他愿意用他所有的钱去买。

头发乌黑的姑娘手里转动着一柄酱红色的叶子，那叶子像一片红色的小舌头在她手上一伸一缩。她没有从木桥上过溪，像所有不安分的年轻人一样，她撩起淡蓝色的裙子，踩着野猫溪里的石块从木桥下面跳过去，走到溪中间，身子一歪，裙子湿了一角，她回头对坐在桥上的靳姆一笑，好像知道自己犯了错误。靳姆想回报她一个笑，但却没有笑出来。

姑娘走后不久，靳姆便听见有人大叫："Help，help！

（救人，救人）"靳姆本能地站起来，向喊声跑去。绕过几块礁石，靳姆看见头发乌黑的姑娘身上湿淋淋的，正从海里拖一个男人上岸。这个瘦长的男人身上绑着一块大石头，已被海水淹得半死。靳姆一看就知道这是一个自杀者，要是在以前，他一定会蔑视这个自杀者没出息。但现在，他却隐约觉得这个人很聪明，想得很明白，早早地就下决心主动逃出这种人类的无聊游戏，免得像他一样功成名就后再来体会如此惨重的失败感。

靳姆帮姑娘把溺水者拖上海滩，溺水者吐出许多海水后无力地躺在橘黄色的夕阳里。他还年轻，三十几岁的样子。姑娘从海滩上捡回那片红色的叶子，在这个男人微微睁开的眼前晃着："看，多美，多美。"

溺水者苦笑了一下，又闭上眼睛。靳姆感觉自己完全看懂了那苦笑后面的东西，一种彻悟后的无可奈何，一种退出纷乱尘世前的宿命，但看着姑娘热切的神态，靳姆觉得自己还得说几句老生常谈的好话。于是，他说："年轻人，你的生命还很长，不愉快的事情总会过去的，不要轻生。你看我，老了，身体里长了癌，医生告诉我，我只能活两年了。虽然还剩两年，你看我，不是还在高高兴兴地活着吗？"说这些时，靳姆的心情很复杂，从今以后，自己哪一天不是在想着死亡？想到死亡，又有谁能高兴得了呢?！

头发乌黑的姑娘却很高兴靳姆这样开导这个自杀者,她像怕这个年轻男人听不见似的大声重复着靳姆的话:"医生告诉我,我还能活两年,这两年,我还得高高兴兴地活着。"

年轻男人似乎被她逗得开心了一些。于是,靳姆拿出手机给山上那所土红色的医院打电话。年轻男人在被医生抬走之前,示意要靳姆和头发乌黑的姑娘留下姓名、地址,于是,靳姆知道了姑娘的名字叫Strawberry(草莓),也知道了那男人叫杰克。

无论如何,靳姆和草莓都很高兴他们今天所做的事。当只剩下他们俩在海滩上的时候,靳姆就对草莓自自然然地笑出来了。

第二天,靳姆习惯性地去了律师楼,可到了办公室,他又什么也不想做了。想到自己一辈子在法律条文中钻来钻去,在人们自己给自己筑起的樊篱中找空子,帮助一些人从空子中挤过去,而自己则等在樊篱的另一边接着这些人的钱,但最终,这些自己用生命换来的钱却又变得与自己的生命毫不相干,这是多么无聊的事啊。于是,他拿起电话,想找个朋友聊聊,有意无意,就拨了头天草莓留下的电话。

草莓很高兴靳姆打电话来,她说,她想去看看杰克。这是靳姆目前唯一还感兴趣的事,于是,两人约定在吱吱响的木桥见面,然后一块儿去看杰克。这次约会之后,他们又约会了第二次。第二次两人相约是去看草莓工作的菠萝园。

一早,草莓开了辆破旧的杂牌车在靳姆豪华的公馆前等他,靳姆第一次被这种到处乱响的破车来接,他有些尴尬,眼前的破车和自己的身份是多么的不相称啊。两个儿子在身后楼上的窗口里奇怪地看着他,靳姆有些犹豫,但一想到自己只能再活两年,就对自己说,管他什么身份不身份,人都要死了,人死了,还不都一样吗?!于是,他头一低钻进了破车。破车一路冒烟,开过富人区,直奔菠萝园。靳姆他看看身边的草莓,心里反倒生出一种快感,一种嘲弄着人定的等级的快感。

靳姆知道那个要去的菠萝园盛产上好的菠萝,他爱吃菠萝,却从没有去过那里。到了菠萝园,靳姆才知道菠萝原来都是一个个长在剑叶丛中的秆子上的。菠萝园很大,近处的几块田里,菠萝已经熟了,黄灿灿地等着人来采摘。远处的几块田,刚翻过土,褐色的新土一畦畦地伸向天边。在更远处的一块坡地上,三个农人正弯着腰点种菠萝苗,他们弯曲的身影被圆圆的大草帽半遮着,像贴在蓝天上的剪影。一片低低的白云飘来,似乎擦着农人们的草帽边移动,于是,贴在蓝天上的那幅剪影便活了起来,像一个天上的故事。

草莓坐在田埂上,望着蓝天,对靳姆说:"蓝天是有生命的,白云是有生命的,农人的草帽也是有生命的。有时候,我感觉自己就像蓝天,像白云;有时候,我又感觉自己就是那几个农人中的一个;还有些时候,我甚至会觉得我就是映在天边的一顶农人的草帽。"

靳姆从来没有听过这种奇怪的联想,像诗,如画。他的心也为这样一种联想兴奋起来:要是我死了,也变成一顶农人的草帽,活在这样一幅剪影中,岂不是很美的事吗?

靳姆和草莓的第三次约会仍然是到菠萝园。这一次,杰克也同行了。靳姆明显感到杰克对草莓的兴趣。当三人坐在田埂上的时候,杰克问了草莓许多私人问题。靳姆因此知道了草莓一半是中国血统、一半是西班牙血统,知道了草莓很小就没有了父母,还知道了把她带大的是她的中国奶妈,她的中国奶妈不识字,更不会说英文,但是却知道无数个诗一般的中国故事。草莓的中国奶妈靠在菠萝园里做工,供草莓上学读书。到了晚上,这位中国奶妈就和草莓一起坐在辽阔的天底下,讲另一个世界的故事:人可以是栩栩而飞的蝴蝶;鬼可以是美丽的白狐狸变成的好妻子。在人和自然没有界线的菠萝园里,听着这些人和自然没有界线的故事,草莓就长成了现在这样一个快活的姑娘。

靳姆没有说多少话,他只是随便问了草莓在她的中国神话里,死是一种什么角色。

草莓歪歪头,调皮地说:"不知道。奶妈从没有和我谈过死。我想,死亡也许就是一种标准,像数字里的一个零,用它可以衡量出生命的美丽。"

杰克说:"姑娘,你来谈生命还太年轻,生命并不都像你中国奶妈的故事那样美丽,当你没有工作、没有钱的时候,当你的老婆和朋友嫌你穷而抛弃你的时候,生命比死亡还要丑恶。"

草莓叫起来:"谁说死亡丑恶?! 死亡甚至都不是一条界线! 它不过是一个自然的过程! 界线都是人划出来的,你说的丑,那不是生命的丑,那是人们自己乱涂乱画出来的丑!"

杰克的眼睛瞪得大大的,惊讶地望着草莓说不出话来。靳姆也是第一次听到这种哲学,对于眼前这个小姑娘关于死亡的看法,他颇折服。最近一段时间,自己一想到只能再活两年,心里就乱糟糟的,但和草莓在一起,听着她说话,心里的乱就似乎厘清了呢。

三人回去的时候,靳姆看着两个年轻人手拉手在前面高高兴兴地蹦跳,心里竟有些难过,有些嫉妒,这还是他第一次嫉妒一个比自己贫穷的人呢! 他知道,要不是因为自己只能再活两年, 他恐怕都不会到他们中间去,也不会见到这美丽的菠萝园,更不会愿意死后变成农人头上的一顶草帽!或许,死亡就像一座木桥吧,把所有的善和美都沟通了。

这以后他们再也没有约会去过菠萝园,因为,靳姆的化疗过程开始了。身体里的不适已经使靳姆不得不长期待在那所土红色的医院里了。于是,他们三个人的约会地点就移到了那个吱吱响的木桥上。每一次约会,靳姆都非常高兴,草莓总是能在两个男人情绪不高的时候,指出许多男人们看不见的细小的美,毛虫背上红、绿、黄相间的条纹,绿叶背后藏着的许多孢子,一朵带着蝉翼般绒芯的球形小花儿……靳姆非常喜欢草莓,喜欢她那种天真璞玉般的美和审美理论。一看到草莓,他就忘了死亡,忘了对于死亡的恐惧。他常想,认识这个奇异的姑娘,也许就是上帝对他五十八年匆匆走过后的补偿,他甚至觉得期待中的下一次木桥约会就是他最后两年的幸福。

一次约会,草莓没有来,只来了杰克一个。于是,两个男人就倚着木桥谈论草莓。杰克把靳姆当成长辈,很信赖地告诉靳姆,他爱上了草莓,他决定向草莓求婚。这是靳姆预料之中的事,他说,他为杰克高兴,但心里却有一种莫名的惆怅。他明白自己老了,是病人,年轻人能愿意让自己分享他们的生活,他应该满足了。他在心里祝福两个年轻人,他希望杰克能带给草莓幸福。

可是,第二天,杰克垂头丧气地来了,靳姆问:"草莓拒绝你了?"

杰克突然地哭起来:"草莓说,她不可能跟我结婚,她告诉我,那天她救我时就说过,她只能活两年了,她和您一样,身体里也长了癌了。"

靳姆一下子愣住了,他突然记起,那天草莓真的那样说过,但他以为那是她在重复他的话。靳姆没有想到,草莓竟也和他一样,面对死亡而活着,而她还那么年轻!

"草莓不谈死,因为她的中国奶妈从来没有把死当作一件值得担心的事来说……"杰克哽咽地说着,但此时的靳姆已听不见杰克的叙述了,他一心只想着立刻见到这个整天高高兴兴的姑娘,他想安慰他,就像她安慰他一样……但是,她需要别人安慰吗? 她的心灵那么健康,健康得多像一片没有受过污染的自然啊。

又过了几天,草莓来了,好像什么事情都没有发生,依旧在野猫溪的石块上跳来跳去。但靳姆明显地看出,她其实非常瘦弱了。等草莓吃力地爬上木桥,靳姆就拉着她的手,一下把她揽在怀里,说:"嫁给我吧,我们俩的生命还有同样的时间。"

草莓就倚在靳姆的怀里自自然然地答应了。红红的小嘴里,还衔着一根狗尾巴草。

木桥在他们脚下吱吱地响着,面对那个立在不远处的死亡,用粗糙的横梁把年轻和年老的差距沟通了。

尽管许多人都说靳姆发疯了,在将死之际,娶一个同样将死的穷姑娘。靳姆却觉得这个婚姻就是他的生命,这最后两年,是他一生中最快乐的两年。

当同行们忙着挣钱、儿子们忙着计算遗产税的时候,靳姆跟着草莓在野猫溪的石块上跳来跳去,晶莹的水珠溅在土红色的病员服上,逗得立在木桥上看他们戏水的杰克哈哈大笑。

一个又一个的傍晚,靳姆和草莓相依着,或缘溪而上,或顺流而下,讲过去的故事,也讲将来的故事。遇见他们的人都不知道他们为什么这么快乐。

两年很快地过完了,在两年的最后二十几天里,人们看不到那一老一小在黄昏里散步了,只看见天天有一个瘦长的男人,手里拿着两束玫瑰花,穿过吱吱响的木桥,到土红色的医院去。又过了十几天,男人手里的玫瑰花变成了一束,再后来,男人就不再来了,只是到每年的某一天,他必定出现在这木桥上,向桥下的野猫溪扔两束玫瑰花。那花儿就顺着溪水流进了大海,去追逐一段九曲十八弯的故事……

吱吱响的木桥,就这样把生和死沟通了。

老小

春天从每一条缝隙里钻出来。弘尼教授死了。在所有的小草尖起嘴,把淡淡的绿色吐进清晨的时候,一棵去年的老藤缩回昨夜的泥里去了。绿色的味儿让人心怡,弘尼教授的死并没有引起多少悲伤。该消失的东西到时候都会消失的,只要它们曾经好好地存在过。这没有什么可悲伤的。弘尼教授过完了很好的一生。他死的时候八十五岁。死前一个星期还在给学生上课,并确信一个星期后还会回来给学生上课。

弘尼教授不能算是一个好教授。他老了。也许他曾经是好教授。没人知道他年轻时候是怎么教书的。那时候我们都还没有生出来。在十五年前,历史系的教授们联合起来想把弘尼教授逼退休。教书教到七十岁,往讲台上一站,满脸皱纹,眼皮也松下来了,风度没了,口齿不清,魅力就没了。教授没了魅力,靠什么来吸引学生呢?有多少学生会喜欢听一个七八十岁的老头儿唠叨?

就是他的老爸,怕也是要离得远远的啦。所以,虽说教授是终身制,但大多数教授都有自知之明,过了六十五岁就纷纷自觉退休。去寻找新生活了。弘尼教授没有孩子,没有爱好,教书就是他的生活,新生活旧生活对他来讲都一样,不教书他就没了生活。

弘尼教授坚决抵制住了明里暗里逼他退休的压力。弘尼教授有钱。他本是富家出身,又没有孩子,还有个当美容医生的太太。他当然有钱。于是,他一次又一次捐钱给大学,还设了弘尼奖学金。作为交换,他继续给大学教书。一年又一年,他捐钱,他接着教书。学校权衡再三,这种买卖得大于失。弘尼教授就继续了他的好生活,一直到死。学生们称他为"恐龙纪教授"。

弘尼教授知道的故事对现在的学生来讲都是"历史"。所以,他不用备课,上起课来东扯西拉,讲着亚洲历史,却能扯到他二战前在西部一个中学里玩玻璃弹子,被老师没收了两百多粒。有时候他故事讲多了就从"历史"变成了"神话"。比如,他说:五年前,他回到他读书的中学,看见他的那些花花绿绿的弹子依然在那个学校的某个瓶子里装着呢。于是,他就要求学校把他的财产偿还给他。他的中学就真的还了给他。虽说这样的故事像天方夜谭,学生倒也还乐意听。故事总比死记硬背某总统死于某年有意思。而且,"恐龙纪教授"不仅把钱给大学,还把好分数给学生。弘尼教授这根老藤一路挂下来的都是果子,让人随意采。免费。果子熟过头了,没有汁水了,却是免费的果子,白给的,所以,谁想挑剔也不能理直气壮。弘尼教授就这样高高兴兴地过完了他的一生。

弘尼教授死后的第二天,他班上的一个中国学生也死了。这个学生叫倪弘,刚二十四岁。一棵弱草,还没来得及变青就消失了。倪弘是跳楼自杀死的。说起来死因很荒唐。倪弘到洗衣房去洗衣服。不会开洗衣机。看衣服放进去了并不洗,很着急。求另一个中国同学帮他。偏巧,这个同学以前就教过他不下五次。见倪弘依然不知如何开洗衣机,不耐烦了,说了他一句:"你真笨。"没教他就走了。倪弘在洗衣房等到天黑,没有人再来,衣服依然待在洗衣机里不转,倪弘就跑到我们学校医院停急救飞机的顶楼跳楼自杀了。

倪弘其实不笨。他很会考试。老师倒出来的东西他能一滴不漏地接着,给多少,拿多少。出国之前就以会考高分为长。倪弘的母亲是个下岗工人,哭哭啼啼从中国赶来。逢人就说:"倪弘从小就是神童。读书没人能赶上他。他若不到美国来,怎么也不会因为洗不成衣服就自杀呀。从小到大,他用得着担心洗衣服吗?只要他专心学习,能有出息,什么事我也不用他做呀。饭都是我端到书桌旁给他吃的。他在中国的日子过得多好,万事有人伺候。可惜他只过了二十三年好日子呀。这最后一年在美国还不知他受了多少苦呢。"

弘尼教授和倪弘的追悼会相差一天召开。

弘尼教授的太太在弘尼的追悼会上说:"弘尼的一生是一个篮子,弘尼一边走,一边把篮子里的东西往外拿,拿到篮子空了,弘尼高高兴兴地走了,他什么负担也没有了,他的一生过得很好。"

倪弘的妈妈在倪弘的追悼会上说:"倪弘从小就像一块海绵,很会吸收文化知识。为了保证他的学习,我们做父母的全力呵护,让他高高兴兴地吸收知识和我们对他的爱。不管怎么说,他有过二十三年好生活。虽然他死得很惨。很冤枉。"

历史系的这对老小也许都有过好的一生,只不过他们和他们周围的人对"好"的解释不同。这老的,也并不十全十美,这小的,也并不笨头笨脑。也许这些差别都不太重要,最多也不过就是"小知不及大知,小年不及大年"吧。可重要的是在生命停止的时候,老的高高兴兴地走了,小的却死得很冤枉。

弘尼教授的太太参加了倪弘的追悼会。老太太满头银发,脸色却还红润。她握着倪弘妈妈的手说:"我知道你的儿子是你家的小皇帝,我能想象损失一个'皇帝'的悲伤。"倪弘妈妈抹着眼泪,摇着老太太的手说:"我儿子夸过您先生是学校的老公仆,他跟着您家先生走了,好歹黄泉路上还有人照应他,也算是他的后福吧。"弘尼太太点点头说:"是呀。这也是我们家老弘尼的福气,死后还有个学生跟在屁股后面让他教呢,到天堂也不会闲着。"

拆墙

墙不高,墙上爬着老藤,老藤紧贴着墙扭来扭去,扭着扭着就张开了一片片心形的绿叶。夏天的时候,绿叶一片挨着一片,墙就羞答答地缩在绿叶下面,好像站错地方的坏孩子;冬天的时候,绿叶一片片退了,墙就缩缩瑟瑟地立在老藤暴起的经络中,好像手足无措的汉子。

以前,墙的西边住着盖茨和丝黛娜,墙的东边住着启华和含月。

启华活着的时候,嘲笑地告诉含月:"隔壁那个美国老头在我的杂货店里买了一大把大大小小的饭勺,挂在车里的反光镜上。说那是给他老婆买的五十大寿的寿礼。"含月把眼睛瞪得大大的,一连几天,一看见洋老头的车开进开出,耳边就响起饭勺叮叮咣咣的声音。

丝黛娜活着的时候,惊恐地告诉盖茨:"隔壁那个中国老太婆又在叫她的丈夫吃饭了,你知道她叫他什么——'挨千刀的'。听说,那意思就是要割她丈夫一千刀。"盖茨的嘴巴张得大大的,每次等那个中国老头儿吃完饭出来散步,盖茨就盯着那个老头儿上下看,看他是不是有受伤的样子。

现在,墙的西边只剩下盖茨,墙的东边只剩下含月了。盖茨依然能闻到墙东边飘来的饭菜香,但再也听不见有人叫"挨千刀的"了。含月依然能看见墙西边的车出出进进,但耳边叮叮咣咣的声音却没有了。

一天,盖茨在信箱里发现一张生日贺卡,那是寄给含月的。邮递员不当心放错了。盖茨就想着给墙东边的邻居送回去。又想起去年丝黛娜过生日买了一套饭勺,丝黛娜欢喜得要命,只是还没来得及用,人就走了。墙东边的邻居那么喜欢烹调,就把那套饭勺转送给她做生日礼物吧。于是,盖茨就拿着饭勺转到了墙东边。墙东边的园子里绿油油地种了两畦青菜和几架长豆。长豆架下还插着空儿点了一些辣椒秧子和青葱。盖茨绕过菜地,去按邻居的门铃。门檐上挂着一串白瓷青花的小风铃儿,风铃儿笨笨拙拙地在晚风中微晃,发出一些细如清泉的声音。盖茨从来没有想过一墙之外会是这么一个让他好奇的世界。

含月正对着自己孤独的生日晚餐流泪。隔壁的洋老头儿突然给她送来了一大把饭勺。虽然,当初她对这样的生日礼物百思不解,但这时她觉得礼物是什么并不重要,重要的是有人想到了她。就像天下的好男人很多,她只要一个跟她厮守着就行了。盖茨的来访使含月很高兴。她客客气气地邀请盖茨和她一起就餐。盖茨受这美好的菜香味诱惑已经多时,得此一请,也就不客气地坐下来大嚼一顿。含月高高兴兴地看着这个洋老头儿像小孩子一样吃得摇头晃脑,心想:生活里的好滋味原来不是只为了自己尝,也要有人来分享才有意义啊。

过了两天,含月又做了一大盘好饭菜给墙西边的洋老头儿送去。她转到墙西,看见一个盛开着玫瑰花的花坛和修剪得如地毯一般平整的草坪。草坪上立着几棵笔直的柏杨树,一个纸板剪成的黑花奶牛倚在一棵树干上,钢琴声从屋里传出来。含月觉得,这个美国老头儿活得也真够浪漫。

三来两往,墙西边的玫瑰花越过墙到了东边主人的花瓶里;墙东边的嫩青菜越过墙到了西边主人的餐桌上。

一日,饱餐之后,盖茨想起了那个"挨千刀的"的故事,就胆战心惊地问起含月他是不是有可能哪一天也要挨上几刀。含月羞得满脸通红。结结巴巴地解释:"中国人说话是守着'否极泰来'的意思,爱到深时,总把话儿反着说。"盖茨不懂,他认为爱到深时就该叫"Honey(蜜人儿)"。于是盖茨就开始叫含月"Honey"。含月发现她也喜欢被叫作"Honey"。她想：人呀，都一样。星空月下，风铃晃出的曲子和钢琴奏出的音乐一样动听。

一天傍晚，盖茨听见含月站在绿油油的青菜地里叫："'挨千刀的'回来吃饭啦。"

盖茨就在鲜艳的玫瑰花坛边应道："Honey，我给你买了一套饭勺。"——这一天又是含月的生日。

后来，盖茨和含月的儿女们回来把墙拆了。东边的菜地和西边的花园就和和睦睦地连起来了。人们发现世界原本就该是这样参差多样，不能相容的不是多样的世界，只是人造的墙。

我们在这里

我们的西部大。大得让人感到什么都是静止的。像从远远的地方看天上的星星,不管它们跑得多快,落在无边无际的宇宙里,它们的运动都可以忽略不计。我们叫它们恒星,但是,它们确实在运动。它们是活的。就像我们西部的牛羊,永远是优哉游哉的。或者,懒洋洋地伏在无边无际的草地上,露出半个脊背,上下两片嘴巴,左右磨着,咀嚼着平淡的生命;或者,漫不经心地停在山坡上,像几个被时间遗忘了的小棋子,或白或黑,在一个无人问津的大棋盘上,下着一盘永无胜负的棋。这就是我们西部。谁要是把我们当作种子或牛羊,一把撒出去,那也没什么区别,我们一准立即就消失了。但是,西部的牛羊、种子和我们都是活的。天地再大,我们也想让人们知道我们在哪里。

我们是几个中国籍的教授。我们不多,三个。我们在西部的一所大学里教书。我们散开的时候,落到不同的系里，我们就消失在一群洋教授中。要想感到我们的特别性，只有在开大学教授议会的时候。在一群高鼻子中，我们是唯一的扁鼻子。我们说着洋话，穿着西服，被我们的学生称作："呼（胡）博士"，"尖（蒋）博士"，和"烟（袁）博士"。我们也想方设法忘掉我们的口音，把"呼"、"尖"、"烟"当作我们祖传的家姓。愿老胡家、老蒋家、老袁家的先人赦了我们的忤逆。我们其实只是入乡随俗，并不是改换姓氏。我们还是老胡家、老蒋家、老袁家的后人。

　　我们三人，先是很快地发现了你，我，他。然后，我们就一起找中国餐馆吃饭。我们在这个西部的小城里找到了一家"青岛"餐馆。我们把"青岛"称作是这里最好的中国餐馆，因为"青岛"卖红烧猪大肠、夫妻肺片和辣子牛百叶。不像其他的一些中国餐馆，只卖一些讨好洋人口味的番茄酱甜酸鸡、契司蘑菇之类。避开了学生的视线，我们是要大碗喝酒，大块吃肉的。我们在"青岛"餐馆开始了我们的"桃园三结义"。我们发现我们原来都是"七七级"。"七七级"是"文革"后的第一批大学生，是一个符号。从这个符号开始，中国仕途又按着老规矩开通了。于是"七七级"就是我们这一代人的起点。起点就是家乡。在这天荒地老的西部，"七七级"就是我们的家乡。我们仨是同乡！尽管呼博士说湖北话，吃辣子牛百叶还要加辣；尖博士说扬州话，以大惊小怪为擅长；烟博士说山东话,嘴一张就咬下半截大白葱。但是我们还是同乡。

说我们是同乡,是因为我们都有同一种浓重的乡音。这种乡音在我们结伴旅行的时候就被毫无顾忌地放了出来。我们仨结伴到西部的金草地去旅行。一路空旷,没有人烟,只有刚绿了的山坡无穷无尽,上下起伏。像一片苍凉的海,被春天的手指一点,定住了。所有的波浪动不了了,于是海底的生命就默默地绿了出来。车窗外,就有一种荒凉的美匆匆略过,并被永远地留在一个故去的框架里。

荒凉原来也可以是美的,只要荒凉得大气。我们的乡音一发出来,就荒凉得大气。它叫"革命歌曲"。在没有尽头的公路上,我们仨放开嗓门儿大唱起歌来。唱了一支,是"革命歌曲";再唱一支,还是"革命歌曲"。我们就会唱"革命歌曲"。那是我们的儿歌、童谣。我们以前唱的时候不懂,现在唱的时候不需要懂。我们只是想听我们的乡音。那乡音就是我们来历,就是我们荒凉而美丽的过去。我们可以从这些歌里走回我们荒唐而快乐的童年。我们存在过,并且,还存在着。

我们就这么一路走一路唱,唱着唱着,我们理解了我们的父母们为什么那么固执,坚守着一些荒唐的信念不肯放弃。比如说,白萝卜一定要烧红肉,肥肉一定要熬成猪油。再比如说,公家的东西拿到家里来用,就要遮遮掩掩，开起会来就要引用报纸社论。原来他们是从他们的那些信念里走过来的。他们固守的信念就是他们生命的曾经所在。我们也理解了我们的爷爷辈为什么不愿剪辫子，皇帝没有了，也还动不动就想下跪。我们还理解了我们古老的祖国为什么总是犯同样的历史错误，犯一遍又一遍。其实，我们的父老们和我们一样，只是他们的乡音里比我们多了几句土话。就像我们的孩子们也会嫌我们直着嗓子唱出来的"革命歌曲"土气一样。说同样的话，吃同样的猪大肠，犯同样的错误。老路走起来总是容易，亲切。而我们的老路又是很长很长的。在这条长路上，老错误能被时间腌成了苦涩的幽默，由我们自己拎出来嘲笑。新错误又被我们慌慌张张地制成没有幽默的苦涩，加进历史里来。

我们逝去的生命像深浅不同的墨水，本来是一滴一滴的，可掉进历史中，就晕染成一片，成了朦胧的诗。没有背景，一字一句都不太清楚，不好翻译，只能意会。当某一个片段成为绝响的时候，幽默就可以腌制出来了。我们曾经在某段奇怪的历史里存在过。长长的时间已经把我们荒唐的故事变成了幽默。我们发现原来我们和父母祖先一样顽固，居然还那么喜欢我们曾经经历过的荒唐。只因为它们已成为我们生命的一部分，我们就不想忘掉。有了这样一种理解，我们就原谅了我们愚昧的爷爷、虔诚的父母,幽默感来自大气。

我们仨是唱着中国国歌离开家的,回到家的时候已经唱到了"国际歌"。从"南泥湾"到"样板戏"能想起来的都唱完了。唱着唱着,我们仨就决定把我们的声音唱大发,让人们知道我们在这里！在这一片听不到我们声音的大草原里。我们这三个红头蟋蟀,决定要闹腾出一台戏。我们决定要在我们的大学办一次中国文化节。我们要唱一出"沙家浜"。

这个文化节,给了我们大放乡音的合法借口,我们排练,你忘的歌词,我想起来了,我忘了的唱腔,他想起来了。呼博士打发走医学院的病人,就关起窗户大呼小叫。烟博士丢下没改完的学生论文,就对着镜子拉腔拿调。尖博士带着学生到处大贴广告。文化节一开场,洋学生,洋教授坐了一屋子。呼博士第一个亮相,还忘不了我们老家的谦虚美德, 第一句台词是:"我不是职业歌手。"烟博士马上加一句:"他是职业医生。"呼博士居然还挺紧张,才唱了一句"朝霞啊映在阳澄湖上……"就忘了下边的词儿,烟博士马上站起来说:"大家注意,听京剧有规矩,听完第一句,听众要高声喝彩。瞧,呼博士等着呢。"于是,洋学生们洋教授们信以为真,一起大叫:"好！"尖博士穿了一件旧军装,腰系一块大红布,唱完了"沙家浜"还余兴未了,主动要求再搭上一首"松花江"。

一个文化节被三只"蟋蟀"唱得好不热闹。

这一下,洋人们知道了我们的不同,我们知道了我们自己在哪里。但愿我们的父老乡亲们能寻着我们的歌,发现我们在这里。

● 自由篇

宇宙很宽广，也许，再宽广的自由都会被一根看不见的引力线拉着。

宽广的自由

唱吧,红高粱

红高粱有五种颜色,从绿,到浅黄,到橘红,到大红,到黑。我最喜欢红高粱变成大红的时候。那时候,所有的高粱秆子上都嘟着大红嘴。红脸朝天,全是男人。万人男生大合唱,个个热血沸腾。最后一曲高亢动人。一首铺天盖地的大红歌,浑厚拙朴,直唱到头顶上的白太阳,直唱到黛色的地平线,直唱到的荒蛮旷古的茅草地,直唱到——夕阳变成火红的爱情。在这个时刻,天里天外的十色光谱全都被扔进高粱地,染得丝丝成精一身通红。没到家,天就醉倒在高粱地里,黑幽幽的"且且且",把人和野兽在一个最原始的点上,结成了远房亲戚。

我喜欢两种男人,一种男人叫"红高粱";另一种男人叫"少校"。我喜欢少校沙顿。我不知道他会来听我的课。要是知道,那天我就不讲什么"雅典和斯巴达"了。我讲"宇宙",讲"诗",讲"大爆炸"。少校沙顿轻轻地走进来,坐在最后一排。一下子,这个教室就变成了"红高粱"

地,不仅全是火的颜色,还全是雄性的声音。有些男人就有这种本事。不说话,一擦火柴,所有的故事就开始了。

我不是军人,我是诗人。我讲"诗"的水平远比讲战争高。少校沙顿要听什么战争故事呀?他自己就是从战争中回来的。而那天,我讲的是:现实主义的错误。我讲:现实主义把道德切成段。战争之前讲道德,战争之后讲道德,战争中不能讲,因为战争本身以否定生命为前提,没法讲道德判断。对战争,只有情感,不讲德行。我说:这样的现实主义是错的。虽然战争和经商差不多,都是要利用人性的黑暗来成事。不然挣不到钱,赢不了战役。但是,只要是"人"来从事,就都逃不了人的道德审判。你们看雅典的将军怎么说的:"战争是我们先发动的。可是,如果我们不行动,我们的民主城邦制就要被斯巴达的奴隶潜主制消灭。谁愿意丧失自由?民主制比奴隶制好。"这是什么?这是道德判断。"自由"和"好"是纯粹的"道德范畴"。

我只能讲这么多。人性本身就是一个让我永远困惑的东西。譬如说,男人中有大官,有商人,有资本家,有文人,有明星,我为什么只喜欢"红高粱"和"少校"这两类?这本身,我就说不清。他们清廉?他们不俗气?他们不贪财?他们不酸?他们不显摆?这一解释,情感本身也成了一种德行判断了。

这时候,少校沙顿发言了,他说:我父亲是德国后裔,他们家在北湾种了一大片高粱地。那时候,北湾就他们一家,我奶奶从小就跟我父亲说德文。他直到上小学才说英文。二战时,他不到18岁,就参了军。因为他德语说得好,就被送到了欧洲战场。先给巴顿将军开车,巴顿将军在医院里见伤兵在哭,是骂他们,还用头盔打他们。我爸爸不喜欢巴顿将军。就要求到了前线,当翻译兵。

　　那时,盟军已到了德国境内。德国就要失败了。有一次,他们攻打一个大仓库。仓库里有408个少年纳粹。一个个忠于元首,要为元首献身。他们大多数十四五岁。盟军决定,只要他们开着枪从仓库出来,就只好还击。这是战争,只有敌我,没有办法。

　　结果,我爸爸这个比少年纳粹大不了多少的小盟军翻译兵,说:别打他们,他们都是孩子。让我来试试。他就用德语跟里面的少年纳粹讲:德国败了,你们再打,就是白死。你们的元首杀了很多别人家的孩子,你们怎么就能相信他会爱你们?你们为什么要为一个杀人家孩子的人送死? 然后,又讲,我们活着有很多快活的事可做呀,我们可以钓鱼,上树,玩,读格林童话,唱歌。说着,就唱了一首小时候他妈妈教他的德国儿歌,“想妈妈”。结果,仓库里的408个少年纳粹,也跟着唱起来。他们相信了我父亲,全部投降了。

少校沙顿说:我父亲救了这些小孩的命。因为这件事,我父亲立了大功,得了勋章回国。1976年,三个当年的少年纳粹到我的家乡北湾,来看我父亲。他们说:谢谢你。你让我们知道了生命有多么好。那个时节,我们家的红高粱都红了,他们四个老人,就站在我家露台上,对着那片红高粱,唱当年他们一起唱的儿歌"想妈妈"。

少校沙顿说:要说战争过程中也有道德,这就是我看到的"道德"。不好的,和好的。

下课后,我感谢少校沙顿讲的故事。当我走到他身边的时候,我知道了为什么我喜欢"红高粱"和"少校"了。因为,当这类男人从我身边走过的时候,我能在他们身上看到"人"。他们有红高粱一样的生命力,还有一种和野兽不同的气味。这类男人一个一个从我身边走过。我全都喜欢。我能同意把自己的尊严和国家的安全交给他们保护。

要没有这样的男人,那还不如让我自己来保护人的尊严。

会说话的河

    是不是每一条河都会说话，我不知道。但是，我们水码头的这条河会说话。要是历史会说话，那么，历史的长河就和这条河相通。因为这条河天天从我的窗户下流过，我和它聊天，聊了很多年。所以，我知道它会说话。或者，就如同学习一门外语，我听那河流的水声听多了，就学会了一些河水的语言。下面，我就把这条河说的话，翻译给你们听：

    这条河说：我不需要名字。大道不言，流行天下。无名为有名之始。但是，正对着你窗口的那棵红枫树，有一个名字。她的名字叫"七月流火"。你看她每一片枫叶是不是一团活跃的小火焰？这些叶子的影子哪怕是落进水里，都在燃烧。"七月流火"的叶子红一点，一点，滴在空气里，化成一团朦胧的梦，周围空气也红了。"七月流火"的细腰上，伸出一枝，一柄热情梦幻铸就的"秋瑾剑"。我想：一个女人，敢以一个灵魂去讨伐一个不准有灵魂的制度,光那勇气,就应该点起一根宪政梦的蜡烛吧。

这条河接着说:你上船吧,我载着你去认识更多的故事。于是,我上了我的绿色独木舟,我的独木舟像一片飘落在水里的叶子,顺水流去。风吹过,无数片叶子,纸蝴蝶一样飘下来,落在水面上,随着水流弧形的脚印,叶子们你踩着我的鞋帮,我绊着你的裙裾,弯弯曲曲,挤挤挨挨,向前流去。流到历史的长河里。在那里,生命,是风格不同的行书,一河的叶子,一河的汉字,一河的周而复始,一河的忘记,一河的冤屈。我想起:有一个叫尼采的哲学家说:世界上有两种德行:主子的德行和奴才的德行。这话儿,说得难听,却是一个黑色幽默。生命的美,本来在于每个个体都美,都是一棵生命之树上落下来的叶子,美,不过是各人飘落过程中的浪漫。可是,却还是有那么多人崇拜权力,把部落制当作家规,把同根生的叶子分成主人和奴才。最奇怪的是,在用汉字写的历史中,奴才容不得另一个奴才有错,一群奴才打起一个奴才来,比主子还狠。主子还没有发怒,奴才就已经先替主子怒了。

这条河说:你看前面不远,有六棵死而不倒的老树。他们以前枝盛叶茂,同根同心,手指一样,扣问苍天。他们的名字叫"戊戌六君子"。当然,这个名字是我起的。水码头的河,也许并不懂"戊戌"。树虽死,树干黑亮挺直。

会说话的河

水码头的这条河会说话。

要是历史会说话，历史的长河就和这条河相通。

宽广的自由

如果没有地心吸引力，
我们就可以像鸟儿一样自由地飞。
但是如果真的摆脱了地心吸引力，
我们就成了月亮，
自己打着转儿，再绕着地球转。

如果他们还活着,应该有一百五十岁了。他们是最单纯的文人,15岁学诗,20岁学文,民为重,君为轻。他们要君主立宪。他们中有人敢说:"二千年来之政,秦政也,皆大盗也;二千年来之学,荀学也,皆乡愿也。惟大盗利用乡愿,惟乡愿工媚大盗。"(谭嗣同《仁学》)。他们以为:"各国变法无不从流血而成,今日中国未闻有因变法而流血者。"他们愿中国变法,流血自他们始。可惜,他们的死,是个白死。

这条河说:前面有一排棕色树干、橘黄叶子的栎树。你别看他们,看他们在水中的倒影。我看了。那倒影直伸到水底,伸到地球那一边,在水里,影子被水下的乐曲摇着晃着,睡觉了。在睡眠中,肢体长得很快,橘黄的叶子成了黄金。有时候,有些东西得不到,可以先去挣些别的。只是,我觉得:热爱生命在两种意义上能成立:一、让生命的本能决定生命的意义;二、让生命的良知决定生命的意义。让物质来填生命的空洞,比死了好。但是,活着,没有正义和平等,吃了一肚子海鲜,就以为良知从此不闹了,这是自己骗自己。良知的生命力与人类共存亡,在人的基因里。它比我们自己感觉到的还要强大。我想到,孔子说:"不患寡而患不均。"老先生到底做的是什么梦?从几千年的历史中,我只能得出:人能做到的"均",不是均智力,均体力,也不是均贫富。人能做到的最好的

"均"，只能是"均机会"。

以上这些，是我这个星期，在这条会说话的河上，听到的和想到的。历史的长河要是会说话，是不是也会对我说这些，我不知道。也许天自有其志吧。

宽广的自由

　　关于"自由"，我想了很多。如果没有地心引力，我们就可以像鸟儿一样自由地飞。但是如果真的摆脱了地心引力，我们就成了月亮，自己打着转儿，再绕着地球转。因为，就是真的飞离了地球，跳出了轨道，我们月亮又能到哪里去呢? 宇宙很宽广，也许，再宽广的自由都会被一根看不见的引力线拉着。就是说，自由是有重量、含核心、重情义的。说不定，还有想象力。

　　生活在美国西部，天，蓝得大气; 云，白得简单。在这样的情景里，我似乎几笔就可以画出"自由"的形象来，可一要下笔，又觉得把自由定义成文，还不如把它画到我见过和熟悉的西部景物与人事中去。西部牛仔是以追求"自由"为性格的。到如今，"自由"成了一面大旗帜在地球各处飘扬，那么，在这自由的故乡，自由长成了什么样子呢?

　　前面提到月亮，那就从西部的月亮说起。我原来对

"月亮"这样的东西，也不稀罕。因为它是公共财产，没人会把它藏到自己家去。而且，它的存在是无声无息的，轻轻地在蓝幽幽的天上划一道指甲印子，那儿就冒出一个月牙儿。有一天，我偶然一抬头，就看到了这样一个月牙儿，歪歪地停在天上。两个月牙角儿，细成两根弯弯尖尖的丝儿。那时候，我觉得月亮在抿着嘴儿笑，笑我们这些在地上过生活的人。

我开始关心起月亮，是因为有一天，一群小学二年级的美国小学生和我们几个哲学家谈论起西部的月亮。那天是他们的哲学课，大家自由讨论。他们刚开始学写诗。所以，他们自己选出的讨论的问题是："为什么诗要有节奏？"有一个女孩子前后摇晃着身体说："有节奏，就是在动。所有在动的东西，都有节奏。所以，一读诗，我们就可以摇头晃脑。"于是，就有小孩子不同意，说："月亮在动，绕着地球转，难道月亮也有节奏？我们怎么没看见月亮摇头晃脑？"于是，又有小朋友反驳："你看不见月亮有节奏，不代表月亮没有节奏。你看不见的东西多着呢。譬如说：你看不见鬼。"有一个黑人小男孩一脸严肃地说："我看见过鬼。有一天，我在黑黑的过道里走，一个鬼把手搭在我的肩膀上。就在这儿。"他指着自己的右肩。另一个黑人小男孩说："那是你哥哥。"我实在忍不住，就笑了。心里想，人小的时候，思想原来是可以如此自由。

正想着，一个白人小男孩发言了："月亮肯定有节奏，因为它孤独，它要写诗。"

这样的想象力，一定是自由的果实。孩子是最自由的。以后，我看到月亮，就会接着孩子们的自由联想，再往下想。有时候，下雪了，雪又停了。在西部黑黝黝的夜空，兀自停着一个巨大的白月亮。它在夜色下面，像一眼泉水，跳跃的水珠儿突突地冒出来，一群大观园里的女儿，嬉笑着，推搡着，跑过怡红桥，一厢情愿地写下没有根底的爱情诗。一句句妙语连珠，可流到黑夜的脸上就结成了泪，成了月亮周围的一众星星。

在这样的星空下，我就想：月亮是有节奏的，它是一首诗；人生也是有节奏的，也应该是一首诗。这首诗应该是怎样的呢？冬天的大地上，树上的叶子全落了，树就瘦了。只剩下弯弯曲曲的筋骨，分不清是桃还是李。它们有时候一棵接着一棵，有时候又只有孤零零的一株，立在一马平川的黑土地上，静静地，像是从大地的身体里抽象出来的灵魂。它们是大地献给白月亮的现代自由诗。所有的好诗都应当写到触及灵魂。

西部的人讲灵魂。再偏僻的小镇，最大最好的建筑一定是教堂。教堂是一个通道，让人的灵魂和永恒的上帝沟通。人们必须保证灵魂有一个重要的位置。因为，西方人把肉体和灵魂分开，肉体的强壮不能保证灵魂就一定健康。肉体的享乐也不一定就能提供灵魂的平静。肉体的存在被理解为只是一种偶然,肉体是要毁灭的。在肉体死亡了以后,灵魂可以回到上帝的乐园,与上帝一起永生。

可西方人并不把他们的肉身等同于他们的"自我",而让他们的灵魂等同于"自我"。这点很重要。柏拉图把那由"自我"载着的灵魂分为三个部分:理性,嗜欲和动物性本能(《共和篇》)。这样看来,灵魂也不是一份纯粹洁净的精神。听从灵魂的哪一部分是一种选择。而"自我"是这种选择的行为者,也是这种行为后果的道德承当者。人的自由意志,是一种选择的自由。人生是一种选择。

选错了怎么办?这时候,我又想起了二年级小学生的理论:好人进天堂,坏人下地狱。要是一辈子干了一半好事,一半坏事,怎么办?那就得在天堂和地狱之间来回跑。小孩子的心很善良:上帝会给他机会。让他多跑几次,就知道要当好人才行。

这首人生的自由体诗,一定能让月亮目瞪口呆。

西内布拉斯加

前些天，我去了西内布拉斯加。世界上有很多漂亮的地方可去，去不去西内布拉斯加其实是无关紧要的。我去，与其说是去旅行，不如说是去寻找答案。去之前，想找什么答案，自己也不是很明确。只是因为那里是一个士兵的家乡。如果一个士兵能引起我非得看看他的家乡不行的热情，那这个士兵身上一定有什么独特的性格，而这种性格的存在，我在大城市里找不到解释。

人和人可以很不相同。这点谁都知道。别人的不同，并不需要我来一一解释。那是人家的个性。但是，士兵的个性却不应该叫作"个性"，因为，士兵的"个性"是以军团为单位的。士兵，是一支队伍。他们以"队"为单位存在；他们因为有"团队"而取得胜利。他们在队伍中把"自我"淡化到一边，而把"责任"当作军人的性格——群体性格——写在旗帜上。他们最大的牺牲就是放弃了自己的自由。这就使得我有足够的好奇心，去看看一个军人的家乡。

西内布拉斯加，是世界上最安静的地方。一望无际的土地，睡着。睡得正气十足。毋庸惊扰。就是起伏跌宕，也都是在无声电影里进行。再壮观，再大气，也都是安安静静的壮观和大气。这里过去一定是海洋，被时间熨烫了一万一千年，成了海洋的化石。每一个沙石都不再焦躁不安，每一根牧草都绿得那么永恒。蓝天，永远是不沾染的青少年，一派英俊的风吹过，信马由缰，能配得上嫁给他的窈窕淑女，只能是那些陡壁上比红豆还红的火烧荆棘。这些连心都可以放到十字架前贡献的乡村少女，她们因为红得单纯而魅力无穷。有一种精神，像由远而近开来的火车，越来越清晰地呈现出来："正义"。这是天地人之间的浩然之气。

史前的沙石陡壁在夕阳下变成金色，成了中世纪残留下来的断壁残垣，西线并不是天生就是风平浪静的。这里的故事一层一层夹在风化了的岩石里。待考。从荒蛮中走出来，走到沙山上的枫树和杨树林，树上的叶子正在变红变黄，变成诗，变成词。变成千古绝唱，变成信天游。而沙山下的牧草，则不知季节，一味无边无际地绿下去，绿到天地尽头。割草机掉在牧草地里，就像一块石子落进湖水里，一圈一圈漪涟，写的是：上善若水。玉米刚刚收割，残留下的玉米棒子就都是动物的了。在一个没有金钱的世界,黑牛和鹿自由自在地在玉米地里吃着最简单却也最健康的晚餐。有一块大石头,形状像一个大烟囱,在天上的星星一个一个冒出来的时候,"烟囱"也把似有似无的炊烟吐了出来。在这样一个蓝幽幽的夜晚,月亮就是你家的亲戚。吃得白白胖胖,笑得无拘无束。不管你愿意还是不愿意,往这样的天底下一站,你一定能看到另外一种精神,像一个骑在白马上的西部牛仔,踏着尘土,挥着响鞭,飞奔而来。这种精神叫:"自由"。

我想:正义和自由,这就是这个国家的精神吧。

正义和自由同存,是一种精神诉求。它们最终诠释一个民族的精神面貌。它们的存在,是这个民族大多数人幸福的基础。也是大多数所能接受的先决生存条件。但是,这种先决条件的获得,是有代价的。代价有各种各样,付出的方式也各种各样。在西内布拉斯加,我看到了一种代价:爱国者的代价。

这块生产牧草和玉米的土地,也生产士兵。逻辑就这么简单:这是他们的辽阔壮丽的家园,这是他们飞马扬鞭的生活,这块土地上的人们以捍卫"正义"和"自由"为责任。这是捍卫他们的生活方式,他们的精神。"没有灵魂的人,是行尸走肉。"他们说。

政客们给每一次战争的口号都是"正义"和"自由",

所以，每一次战争都有他们的责任。在小镇的一个士兵陵园里，我看到6700个白色的士兵墓碑。6700个墓碑，都一色穿着白色制服，以方阵的队形列队，横成队，竖成行。无声无息，威严肃穆。有的死在二次大战，有的死在伊拉克战争。有的年龄28岁，有的年龄18岁。队伍按军衔排列。好像随时一有国家号令，他们还能立刻站起来，告别家乡的好生活，直奔前线。

士兵墓的白墙上有麦克阿瑟将军的名言："士兵和所有人一样祈祷和平，因为他们必须忍受和承担战争留下的最深的创伤和疤痕。"

西内布拉斯加出来的人，那么简单，那么善良。他们是怎么度过战争的残酷的？我看到一个心理学家的统计：在他调查的士兵中，只有15%-20%的士兵声称在每次战役中真的开枪杀敌；其余的80%-85%的士兵说，他们都是假打，冲天开枪，吓跑敌人。因为打死同类，和被同类打死，都是痛苦的。还有的士兵情愿选择被打死，也下不了手杀人。这位心理学家说：他为那15%-20%勇敢杀敌的士兵骄傲，同时，他也不得不为那些不开枪杀敌的士兵骄傲，在他们的品格中，表现出了我们"人"这个物种的高贵之处。

我拿了那个比率，问了我一个军人朋友，他说："差不多吧。很多人都认为战争创伤是身体上的和心理上的创伤。但不是,对士兵来讲,最深的是道德上创伤。有的时候,士兵自己都不知道:为什么自己的良知就是不死,也麻痹不了。人的意志,再怎么受训练,受压制,还是会在你的军装里活着。"

我想,西内布拉斯加出去士兵,大多应该是属于那80%-85%的吧。这就是6700个墓碑的高贵之处。这也是自由精神的体现:尊重"人"和人的生命,表达的就是我们这个物种的高贵之处吧。

坏土地

我从来想不出合适的词儿来描述"坏土地"。我只能说：你来看就知道了。偶然来了一个朋友，我说：我一定要领你去看"坏土地"。那是什么？朋友问。我立刻没词儿了。我只能说，大道不言，我所能告诉你的就是一个字"大"。

朋友疑惑地微笑着，是吗？坏土地……地图上写着"国家公园"。

我的"大"留给朋友的想象空间太大了。这点我知道。我还知道任我的朋友怎么想象他也想象不出"坏土地"的样子。

我也说不出"坏土地"是什么样子，不过我可以说一说"坏土地"附近是什么样子。就像我没有语言来描述某个人奇异的来世，我只能把他昨日和今日的服饰描述给人听一样。所以，在这里我所描述的只是"坏土地"的"衣服"而不是"坏土地"本身。不相信，可以等我的朋友从

"坏土地"回来之后问他。

　　那天，我对我的朋友说：你现在先把你的想象力从城市的一个小窗口前移开，让它骑上一瓣洁白的梨花，再噘起嘴，鼓起腮帮使劲对它吹一口仙气，说一声"驾"！让它去追随一个飘着几朵白云的蓝天。这个蓝天不是我们头顶上那片平平的、淡淡的蓝天。那种一般的蓝天是不会到"坏土地"上面来的。

　　要想象"坏土地"上的蓝天，还得先想象出什么是"大"。"大"可不是容易想象出来的。我知道谁都能想象出大轿车，大楼房，大别墅，也许还有大湖，大海。但那都不是与"坏土地"有关的"大"。有一个哲人叫康德，在反思人生一辈子之后，仰望天空，说："在我头上是明朗的星空，在我心中是道德的准则。""坏土地"那一带的天空就是这样一种"大"，一种有内容有德行的大。那蓝天，蓝得像道德准则那么清明，深得像善良人性那么敦厚。站在这样的蓝天下，你会感到一种形而上的威慑力，让人际间的蝇营狗苟不好意思端上台盘。这就是"坏土地"上面的蓝天。

　　蓝天下是一片金草地。到处有一些细小的蛐蛐叫声在金草地里活泼地起伏，呼呼的风高高兴兴地从草叶上吹过，草叶下的蛐蛐叫声便粘在风的裙裾上，被风拉得又细又长。金草地就活了，像有丝一样亮闪的希望被风儿漫不经心地从草根底下抽出来。印第安人的圣山——黑山就在对面立着。

突然,金草地陷下去了。不是陷下去一点儿,是突然掉下了绝壁,掉进了昨天,掉到了一个鬼城里。在金草地戛然而止的地方就是"坏土地"。"天苍苍,野茫茫,风吹草低见牛羊"。那么好的土地突然坏了。风没有了,草没有了,牛羊更没有了。只有蓝天和蓝天下的另一个远离人烟的世界。一个什么都没有的世界。

这个什么都没有的世界是土黄色的。土黄色的"高城墙",土黄色的"雕楼",土黄色的"墩子",土黄色的"柱子"……土黄色加土黄色,这种奇怪的地貌应该在沙漠里,要不然,就应该在地狱里。这时,大家都得下"马"。再也没有什么载着你在蓝天上飞的洁白的梨花瓣儿了。"坏土地"里没有花,也不需要花;没有树,也不需要树,连蛐蛐的叫声也是多余的。"坏土地"坏得一无所有,而这一无所有在天底下创造出的却是一种壮观的苍凉。像一部死去的历史,把一些古老残废的城堡,弹痕累累的农舍,残垣断壁的古塔一片连一片地留在静止的过去。没有声音,不再变化,分不清朝代,找不到边际,只有很久远的过去。时间和自然没有时态,不可超越。人能做的,最多就是无声地看和默默地忏悔。

那些"城堡"、"碉楼"、"农舍"、"古塔"都是黄土。非人工所能为。间或还有两条赤红色的长条印子从这些没有生息的物体上划过去,像一两页记载血战的历史从一本厚厚的历史书中被标记出来。当夕阳落下的时候,这两条红印子就非常显眼地露在外面,而土黄色的鬼城废墟则被加深成棕红色。土拨鼠从各自的小山头上钻出来,两个前爪非常虔诚地抱在前胸,用细如针尖的声音,一遍又一遍唱着一首没有歌词的挽歌。

这里曾经是莱科塔印第安人和白人血战的古战场。美国历史上最野蛮的一段,写在"坏土地"上。原来,文明不是从文明中诞生的, 文明是从对野蛮的反思中诞生的。站在"坏土地"的边缘,对野蛮做一次反思:

莱科塔印第安人是住在密西西比河以西的一些印第安人部落。他们说莱科塔语("莱科塔语"是三种主要印地安语系之一)。他们散居在密苏里河和平河(Platte River)之间,地域包括:内布拉斯加州,达科答州,怀俄明州和蒙大拿等几个州。莱科塔印第安人世代以狩猎野牛为生,个个都是天生的战士。他们信仰一种神秘的祖先崇拜,相信祖先用一种"大精神"与他们的后代交流,而这种"大精神"又把他们和野牛、草木贯通一气。"两条腿"的好生活依赖于"四条腿"能不能同意被"两条腿"吃。达科答州的黑山山脉是他们的圣山。

十九世纪初,路易斯和克拉克(Lewis and Clark)受美国联邦政府派遣从圣路易斯城沿密苏里河向西,开始了著名西部探险。他们路过了密苏里河边的一个印第安山洞,并记载了这里壮观的旷野,从这里再向西,他们沿途得到西部的印第安人的帮助。1806年,他们在一个叫纳赛培斯(Nez Perce)的部落待了一个月,等待雪化。他们向纳赛培斯部落首领解释了华盛顿的"总酋长"(美国总统)的发展计划。随他们之后而来的传教士们也影响着西部的印第安人。纳赛培斯部落首领给自己和自己的孩子都起名叫"酋长约瑟夫(Chief Joseph)"。以示转信耶稣基督。因为老酋长约瑟夫信了基督教,他还和政府签了契约:保证纳赛培斯(Nez Perce)部落拥有自己在奥瑞冈州(Oregon)一带的土地权。红种人一开始并不恨白人。

但是,白人疯狂的黄金欲,把人推到世界的边边角角,盲目且没有节制。他们在莱科塔人的土地上发现了黄金。从此,就给莱科塔人带来了没完没了的战争。再后来,白人又在莱科塔印第安人的圣山——黑山,发现了黄金,战争于是白炽化。一群英勇的莱科塔印第安酋长,为了一个存在了上千年的文化,与美国士兵浴血奋战,直至失败。这是一段白人屠杀印第安人的残酷的历史。后来,莱科塔著名年轻将领"疯狂马"的远房堂兄"黑麋鹿(Black Elk,1863—1950)"用口传的形式把自己的亲

坏土地

这里曾经是莱科塔印地安人和白人血战的古战场。

美国历史上最野蛮的一段，写在坏土地上。

坏土地
....
我以前读这段历史的时候，
总觉得"疯狂马""坐公牛"这些战死疆场的年轻酋长可爱。
他们情愿拼一个死，也要和自己的文化共存亡。

身经历讲给了诗人约翰·G. 内哈德（John G. Neihardt）听。由诗人发表成书:《黑麋鹿如是说》。"黑麋鹿"说:

那时,我还从来没有见过一个"瓦私畜（Wasichu——莱科塔对白人的称呼）",也不知道他们长得像什么模样,但是大家都在说"瓦私畜（Wasichus）"要来了。他们要拿走我们的国家,把我们全都赶出家园。我们应该全都战斗到死······

"瓦私畜（Wasichus）"找到了许多他们崇拜的黄色金属,这些黄色金属让他们发了疯,他们要从我们的国家里开一条路,到有黄色金属的地方去。但是我们的人不喜欢路。开路会吓着野牛,把它们吓跑。(《黑麋鹿如是说》(作者译))

我后来又听说Pahuska〔美军将军卡斯特（Custer)〕在那里黑山发现了许多黄色金属,这简直让"瓦私畜（Wasichus）"们都疯了。而这却给我们带来了大麻烦,就像黄色金属以前给我们带来的麻烦一样,成百的人被他们赶出了自己的领地。

我们的人早就知道在那些小山沟里有那种黄色的金属,但是我们从来不在乎它,因为它也没什么用处。(《黑麋鹿如是说》(作者译))

以猎野牛为生,一定是一种激烈而痛快的生活方式。不必在乎河沟里的黄色金属。"黑麋鹿"说他们以前有很多"两条腿的我们"和"四条腿的它们"。那时候的密苏里河至黑山一带是印第安人的乐园。十一二岁的男孩子就跟着大人去打猎,大呼小叫,围追野牛群。"黑麋鹿"十一岁就射死了第一只野牛,他策马把弓,学着大人高叫"耶—呼!"还亲眼看见有的好猎手一箭发出,从两头野牛的气管里穿过,一下打倒两头野牛。那光景才叫痛快。谁打到的野牛,谁跳下马来自己剥皮、切肉。妇女和孩子跟着猎手后面追赶,帮着高叫"耶—呼!"人欢马叫,尘土飞扬,这样的生活场面里出来的人全是斗士。"那种黄色的金属"和这样的生活比,算什么呢?

突然,白人为了"那种黄色的金属"要他们搬到保留区去,以种地为生!逼他们把土地让出来给白人去开采黄色金属。这样的转变等于要拿走猎场斗士们的生活和精神。莱科塔印第安人不能忍受。他们在杰出酋长"红云(Red Cloud)","疯狂马(Crazy Horse)",还有后来的"坐公牛(Sitting Bull)"等人的领导下,用血泪和身躯为祭品,写完了"莱科塔印第安文化"定义里的最后一个字。

在这里,"坐公牛"以最后一个莱科塔猎手的方式死了。他留下了一段让文明人久久反省的演说。从"城堡","农舍","古塔"之间的小路走进"坏土地",一个沧桑无悔的声音就从一层一层的红岩石中传过来:

这块土地是属于我们的,因为"大精神"将我们放在这块土地上的时候,把它给了我们。我们自由地来,自由地去,按照我们自己的方式生活。但是,那些属于另一块土地的白人到我们这里来了,并且强迫我们按照他们的意念生活。这是非正义的。我们做梦也没有想过要让白人按照我们的方式过活。

白人喜欢在地下翻掘他们的食物,我的人民喜欢像他们的父辈们一样以猎获野牛为食。白人喜欢在一个地方定居,我的人民愿意把他们的特皮屋在不同的狩猎场搬来搬去。白人的生活是奴隶制的,他们是城镇和农场里的囚犯。我的人民要的是一种自由的生活。我看白人所有的那些东西,房子、铁路、衣服或食物,没有一样能赶得上有权力在一个开放的国家里自由搬迁、按自己的方式过活好。为什么我们的血液要在你们士兵的阴影下流淌?

……白人有很多东西是我们想要的,但是我们知道,有一样我们最想要的东西,他们没有——自由。就算我能有所有白人有的东西,我也情愿住我的特皮屋,在缺少食物的时候,过没有肉吃的生活,然后,像一个自由的印第安人那样死去。现在,我们走过了保留区的界线,士兵就跟着我们。他们袭击我们的村庄,我们把他们都杀了。如果你的家园被人袭击,除此之外你还能怎么做?你只能像一个勇敢的男人一样站起来,保卫你的家园。

这就是我们的故事，我已经说完了。（Gerald McMaster and Clifford E. Trafzer, ed. Native Universe: Voices of Indian America(作者译)）

白人用金钱毁掉了一种文化，现在，再花多少金钱也不能把它赎回来了。就像威苏里火山埋掉了庞培城一样，人们的黄金欲，像火山爆发，还没有认真思考，就毫不讲理地埋掉了红种人的文化。

金钱和欲望是这文化的屠夫。欲望吃掉了人家的自由，也吃掉了自己的自由。读完上面这两段话，到"坏土地"来时有的轻松恐怕就没有了。"坏土地"那里面的故事已经超出了我的语言能力。对这段历史的忏悔，已经是美国人世世代代要做的道德功课。好在美国文化不是一个祖先崇拜的文化。祖先和我们一样，也是人，他们的欲望能毁掉一个文明，我们要警惕！祖先的原罪，后代要赎。

让"坏土地"上面的天空有了道德内容的原因，除了印第安人最后的"自由之声"还在天上回响之外，就是白人的后代对前辈罪恶的反省和忏悔。

"坏土地"后面就是"松岭印第安保留区"（Pine Ridge Indian Reservation）。"红云中学"是一个文化死后，坟头上长出的一棵野海棠。它的位置在大酋长"红云"的墓地旁，校园的风景是这块墓地。它的希望是这块墓地上飘浮着的磷火。大酋长"红云（Red Cloud）"是建立"松岭印第安保留区"的老酋长，莱科达印第安人最后一代猎手。他最后同意让印第安人放弃狩猎生活方式，搬进"松岭保留区"定居，和白人划定了疆界。他生前留下了一条遗训：可以让"黑袍子"（耶稣会教士）进来办学校。

我以前读这段历史的时候，总觉得"疯狂马""坐公牛"这些战死疆场的年轻酋长可爱。因为，他们情愿拼一个死，也要和自己的文化共存亡。活和死都是骑士。但我就不理解大酋长"红云"。他年轻时是那么一个叱咤风云的将领，为什么到老了就突然从战士变成了主和派。

在我和朋友去过"坏土地"后的第二年，我们俩都报名参加了"松岭印第安保留区自愿服务者"的工作。我们到"红云中学"为"松岭印第安保留区"的学生们服务。在"红云中学"待了十天，我觉得我懂了大酋长"红云"的苦心。大酋长"红云"看到了"死亡"——他的狩猎文化的死亡——已经无可避免。他想到了"死后"那些没有文化寄托的孩子们。至少，得让他们有个地方活。所以，他投降了。用他自己的话说：让文化死去吧，让人活下来。

酋长"红云"（1822—1909）生在平河边（内布拉斯加州）。平河离密苏里河不远，两条河平行，河床很宽，水浅而洁净，很像中国南方的大沙河，终日宽宏大量地流着，从来不发洪水。独木舟可以在水面上滑过去,不能行船。野牛和其他动物都喜欢到平河边饮水,平河水很甜。"红云"在平河边由他的伯父"酋长烟(Chief Smoke)"养大。当白人为了黄金在印第安人狩猎区筑路的时候,年轻的酋长"红云"是反开路首领。他英勇机智,不停地袭击政府军的马车队、城堡、营地。1866年冬天,他出其不意,在怀俄明政府军的城堡门口消灭了八十多个军队士兵。结果,一个冬天都没有人敢使用强行开在莱科塔印第安人领地的车道。这一系列战役被历史学家称作"红云之战(Red Cloud´s War)"。

酋长"红云"征战了大半生,但在"疯狂马"和"坐公牛"等部落联合起来,为了保护他们的圣山——"黑山"苦战时,酋长"红云"却不打了。当"疯狂马"和"坐公牛"与政府军及其随从军"可肉(Crow)印第安人"艰苦卓绝地打了一年(1866—1867),"红云"作为大酋长,却在华盛顿和平请愿。大酋长"红云"把美国总统当作一个更大的酋长,叫他"大父亲",希望美国总统能够管住他手下的白人和士兵,"让我们的孩子能好好地长大"。

大酋长"红云"得到了"松岭印第安保留区"。

"疯狂马"从背后被白人士兵杀害;"坐公牛"在自己的部落里被击毙。残存的猎手们除了"松岭保留区"已没有安生的地盘了。1890年12月28日,投降了的猎手和家属们在"伤膝溪（Wounded Knee Creek）"扎营。追赶他们的士兵把他们围在山谷里，在周围一圈的小山坡上架上枪，监视他们，并把他们的武器全部缴械了。第二天早上，不知谁的枪走火。山上士兵不问青红皂白就对"伤膝溪"的印第安人开枪扫射。370名莱科塔人，不分男女老少全部被枪杀。有的孩子和女人逃到两里外，依然被士兵追杀，横尸荒野。一个叫"大脚"的酋长尸体躺在雪地里，居然三天都没有人收。这就是骇人听闻的"伤膝溪大屠杀"。至此，所有的印第安人都伤心地认识到："在伤膝溪的血浆中看到有一种东西死了。"那个死去的东西叫："莱科塔印第安文化"。（《"黑麋鹿"如是说》）

在这个悲剧中，大酋长"红云"不过是比其他印第安人更早一点看到了这种"无可奈何花落去"的死亡。他的"松岭保留区"是最大的印第安人保留区，无奈之下，他所能做的也就是为被迫搬到莱科塔印第安松岭保留区的猎人们向政府多要一些资助。只是莱科塔猎手们有自己自由驰骋的精神世界，那不是物质能填补的。当他们的文化死了之后，日子变得枯燥无味。他们世代狩猎，不会种田。分配土地对他们来说就像分配蓝天一样不可思议。定居的生活让他们无所适从，只好在一个没有他们位置的世界里鬼混。他们已经不再是原来定义上的"莱科塔人"了。

现在，莱科塔印第安后人居住的松岭保留区里，大约有五万五千人。他们的生活状况糟糕地让人震惊：90%的印第安人失业；松岭保留区是全国最贫困地区。平均家庭收入为3700美元一年。常常十六到十八口人居住在一间小屋子里。几乎人人酗酒。"红云中学"的一位教师对我说：一年级一个班有50个学生，到十二年级只有一半剩下来。我以为是学生辍学，但他说：不是，都是给车撞死的，酒后车祸。他还说：你到墓地去看看就知道了。我去了"红云"墓地和其他几个墓地，七岁到十九岁的孩子的小坟和成人的一样多。保留区男人的平均寿命为48岁，女人为52。自杀率高于全国平均数四倍。我们在保留区的几天里，有一个单身母亲自杀，留下十一个孩子，全待在教会里等人领养。

我们在"红云中学"做的事是帮助他们的高中毕业生申请"比尔·盖茨奖学金"。"红云中学"是印第安人的唯一希望，去年有七个孩子得到了"盖茨奖学金"，上了大学。没有奖学金，上大学是做梦。"红云中学"是耶稣会办的私立中学，每年学费和午饭费加在一起是100美元。印第安人还交不起。很多孩子每天要步行一个半小时来上学，为了在这里找到"红云"大酋长留给他们的那一点磷火一样的希望。

看到这样的情形，所有来服务的志愿者，都感到：罪恶的分量隔了一百多年，一分也没有减轻。"人"为自己欲望付出的代价不仅是杀了对方的文化，而且也夺走了自己后代的心灵平静。"红云中学"的老师很多都是志愿者。也有的，来了就没回去。志愿者一批一批来，从来就没有断过。都是自己来，不是政府组织。就是现在正在"黑山"上雕塑着的巨大的"疯狂马"山雕塑像，也全是民间资助。那山雕已经雕了近五十年，正对着有名的总统山。年轻酋长"疯狂马"手指着前方，长头发和马鬃一起飘起，"我的土地，止于我倒下的地方"，他说。现在，他骑在马上和对面几个遵循宪法和理性的美国总统在高高的山顶上，面对面，为一个永远不可挽回的错误对话。"疯狂马"山雕是一个家庭工程，一位白人艺术家，一家三代人，靠民间捐款，一分政府的钱不收，只要把这个工程当作"赎罪工程"一代一代做下去。灵魂的枷锁不去掉，良知是永无自由的。从这个意义上讲，忏悔，是要有勇气的。能够面对自己的罪恶，并且有羞愧感和责任感的人，也是一种勇士。谁能说自由不是一种责任呢？

去一趟"坏土地"，像读一首史诗，你的灵魂走过了人生三界，天堂、炼狱、地狱。肉体的影子在这首诗里时常是多余的。只有思想可以在这三界里流淌。当我们稚气未脱，我们的思想在蓝天恣情游弋，我们追寻人的理想；当我们成熟强壮，我们的思想穿过金草地一路寻找果实,我们怀着人的希望去找了;当我们最后走到"坏土地"深处,我们只能说:"啊!我们原来也是从野兽进化过来的。"

一条大路到平河

先说路。

城市里有一些小肚鸡肠的巷子，也有一些车水马龙的大街；在这些巷子和大街上走着，我嗅到很强烈的人味。人做的饼子，人画的字画，人用南腔北调讨论油价上涨和总统大选；还有人骑着摩托车，屁股后面突突突吐出行云快板，一溜烟消失在大大小小的汽车缝隙里……在这些街道上，人很大，很满足。饼子是香喷喷的童年，字画是情趣微妙的修养，摩托车是快乐的甲壳虫乐队……我原本是可以就这么活着的，走在一些粗粗细细的街道上，把人的方方面面都活得很细致，像慢慢品一盅乌龙茶。

后来，我断然否定了所有城市里的路。它们不是"路"，是棋盘上的格子线，是巴掌上的指纹。能够被称为"路"的，只能是这一条通往平河的大路。在这条大路上走一遭，所有其他的路就不再是路了。

通往平河的大路没有起点和终点，它不是一段人生，或者，一段热闹；它是时间本身：一维指向，无始无终。有个叫"草上蝴蝶"的印第安女孩儿把我带上了这条去平河的公路。

现在我得说海了。

从"路"跳到"海"，好像很没有逻辑。路是不可能开在海里的。但是，这条通往平河的大路还就是开在"海"里。只是，这海的名字叫"土地"，要是更地道一点，该叫"土地洋"——土地的海洋。路，随着"海洋"上的风向走，风手里有一支蜡笔，蜡笔小嘴尖尖，像蜘蛛一样吐出一根银白色的细线，或上上下下，或弯弯曲曲，风有多长，银白色的"蜘蛛丝"就在"土地洋"里画多长。这根"蜘蛛丝"就是通向平河的路。到了城里，鸿毛为大；到了海洋里，泰山为小。所以，通向平河的大路，成了"蜘蛛丝"。

沿着路走到浅处，两边是头向一边倒的玉米地，新发出来的玉米一个挨一个，一片没长大的童子军；绿头发，绿衣襟，风走过来，绿浪细声细气。再往深处走，路就跌进光秃秃的红土地，红浪滔天。说停，红波浪都死；昂着头的昂着头，低着背的低着背，不动，成了海洋雕塑，名字叫"红色百慕大"。于是，磁场混乱，方向不辨，车小得跟个甲虫似的，孤孤单单在"蜘蛛丝"上爬，速度不起作用，头上的蓝天纹丝不动。死掉的红浪尖上偶尔跳出几只土拨鼠,鸟儿一样唱几声小歌,两只小爪子恭恭敬敬地抱在胸前,和北冰洋的企鹅一样绅士,只是胆子小一点。而随遇而安的白云,则把一种压抑不住的大漠诗情,从棉絮般的大嘴里吐出来,一溜烟圈儿在红太阳脸上撩过。荒原自有荒原的壮美。

我前面提到一个印第安女孩,"草上蝴蝶",她在荒原里生,在荒原里长。人的名字都不适合荒原,所以,印第安人不是叫"草上蝴蝶",就是叫"在帐篷里找他",或者,"装满一袋烟"。那条穿过"土地洋"的公路,把我带到"草上蝴蝶"的小学。

其实,"草上蝴蝶"的小学掉进这片土地的海洋里,本来是可以忽略不计的。但这个印第安女孩儿给我们大学写了封信,请我们的大学生到她的小学去做义工。她说:她自己只是小学毕业,在这么一个边远的印第安小镇里教书,很快乐,也很寂寞,她想认识一些"海洋"对岸的文化人。

等我和两个来做义工的白人大学生看到这个小镇的镇牌时,我们知道了这个小镇有多小了。镇牌上写着:平河镇,镇民162人。真是"土地洋"里的一粒沙。

在这一粒沙上,有一所小小的红砖房子,门前飘着一面美国国旗。这是"草上蝴蝶"的私立小学。这所小学本来是镇上的公立小学,所以门前有根旗杆,好挂美国国旗。后来因为镇太小,学生不多,镇上决定把小学拍卖掉。"草上蝴蝶"的父亲是一个专门帮人打井的印第安农民,叫"装满一袋烟"。他是镇上的富人,拍卖价喊到两千美元的时候,他一咬牙拍下了。于是,这所小学就成了"装满一袋烟"的仓库。

"草上蝴蝶"小时候,在这所小学里上过课,那间小小的教室像一个窗户,让许多蝴蝶梦飞进飞出,还有一些歌声随着。读书不读书在土地的海洋里其实不重要,那里没有人挤人,也没有竞争,会写字和会喝酒一样,落到土地上都是一滴水的本事。五千年前,也许我们所有人都这么宽松地活着,小国寡民,天大地大。所以,到了平河镇,对我来讲,就有一点像回到大夏或者殷商。要是用光年来算,人过的那五千年历史也是可以忽略不计的。

"草上蝴蝶"从她爸爸那里要来这个仓库,重新开办成小学的时候,并没有把办学看成什么社稷大业、百年树人。只是为了一点点怀旧和快乐的今天,平河镇的孩子长大了还在平河镇。也有几个出去的,或者去筑路,或者去当兵,年纪大了一点,又回来。回来都说:还是平河镇好,镇子小,地方大。也有嘲笑城里人的,说他们没见过土地,巴掌大的一块土地还要用栏杆围起来;说车子可以堵在路上两小时也动不了窝。平河镇的小孩子就笑:那是什么日子?骑马恐怕是跑不开的吧?出去过的人就说:骑马?马尾巴都见不到。不过,出去过的人也有开了眼界的地方,在城里可以看橄榄球呀,还可以听音乐会、看艺术博物馆。这些东西,平河镇的孩子在电视里见过,真的没见过。"草上蝴蝶"的小学给了见过世面的人一个吹牛皮的地方。

平河镇跑得最远的是大兵"坐熊",他去过阿富汗。"草上蝴蝶"的孩子们叫"坐熊"讲外面的事。"坐熊"先说:不能谈。才说了不能谈,又说:在阿富汗我只想两件事:第一,赶快回平河镇和"草上蝴蝶"结婚。第二,我们用火箭弹炸人家的情形就像爷爷说的旧事:美国士兵用火枪打我们印第安人。

"草上蝴蝶"把我们带进教室的时候,"坐熊"刚讲完上面这段话。孩子们嘻嘻地笑。他们只听懂了"坐熊"想跟"草上蝴蝶"结婚这一段,没听懂火箭弹打阿富汗那一段。平河镇本来就是不知魏晋的桃花源,孩子用不着懂外面的政治和战事。

"草上蝴蝶"把"坐熊"推下讲台。外面的故事讲完了。"草上蝴蝶"要给她的学生上课了,她高高兴兴地把我们介绍给她的学生。然后对学生说:告诉你们一个好消息:我们的官司打赢了! 我们得到了水权!

十来个小孩子都从座位上跳起来,大呼小叫:"平河！平河！平河！"好像赢了一场篮球赛。

"坐熊"坐在我旁边,见我们几个外来人一副不知所以的样子,就解释道:我们州的议员起诉了卡罗拉多州,因为他们要在平河上游建水坝。我们的议员说:平河是世界70%的沙山仙鹤南北迁徙时的中点栖息地,上游建了坝,把水系原来的性质改变了,会影响仙鹤的栖息。平河镇是仙鹤栖息的一个点,孩子们都知道仙鹤。仙鹤每年都来,是孩子们按时来访的小朋友。"坐熊"又进一步解释道:我们这里偏远,仙鹤是我们的远道来访的亲戚。我们得到了水权,卡罗拉多州不能建坝了!我们的亲戚年年都会再来。说完,他也站起来大叫:"平河!平河!"

"草上蝴蝶"笑着说:好了,好了,现在上算术课。会了算术,明年仙鹤来的时候,你们可以到平河边去数数有多少只。

小孩子就叫:数不清,数不清。平河上的仙鹤比星星还多哩。

"草上蝴蝶"就说:好吧。不谈仙鹤了。我把昨天作业的答案写在黑板上,你们对一对。

"草上蝴蝶"写到第三题的时候,和我一起来的大学生碰了我一下,递过来一个条子:"她算错了,说不说?"

"草上蝴蝶"在黑板上写了:

7+4=10

我把条子递给另一个来做义工的大学生。这个大学生在条子上写了两个字："不说"。扔给第一个大学生。第一个大学生又在条子上写道："不说，以后我们也得以'7+4=10'为答案？"第二个大学生又回了一句："不能说。维护她的威信。"

两个大学生同时看着我。好像我是一个仲裁。我拿过条子，在上面写了一句："在平河镇，7加4等于几不重要。"

两个大学生都使劲点点头，表示同意。在天大地大的地方，小错，忽略不计。于是，我们三个人就像什么也没看见一样，安安稳稳坐在那里看"草上蝴蝶"把一节算术课上完。然后，我们说：很好，很好，你真不简单，课上得很好！

在下面几天，我们两个大学生上课的时候，所有"7+4"，或者"4+7"的算术题，都给他们不当心漏掉了，没讲、没做。小孩子也没问，反正黑板上有"草上蝴蝶"给的答案。

这条通往平河的大路，本来让人看到的就是一些非同一般的东西。所以，看到了"7+4=10"也没有什么大惊小怪的。在这里过日子的人，连数学都是可以忽略不学的。一切都太大了，一个数学错误，就显得像蚜虫那么小。老师和学生的互相信赖和快乐的日子才是重要的。

平河，是一条四仰八叉的河，清且浅，大大咧咧，简简单单，从不发脾气，没有水灾的记录。大路从平河上通过的时候，我看见公路桥下的平河，是一张白得发亮的纸。抬眼望出去，那是一轴长长的白纸，从天边和地边支起的画架子上挂下来，一个字也没有，只有平坦的水在浅浅的河床上舒舒服服地躺着，流得像时间那么大方，才说走到零点，又走到了十二点。

美国人在另外一个地方可以把卫星送上火星，在这里却有："7+4=10"。在这个宇宙里，到底有多少个世界呢？也许每一个世界都不过是一种可能性，让一种生活方式在其间通过。我想，如果我生活在我们大夏或殷商的时代，靠结绳记事；计算鹿、熊、猕猴、仙鹤、锦鸡……都是按"群"不是按"只"，那么，我对算术这种游戏，也是可以不用太认真的。人开始变得锱铢必较，那是因为我们的天地变得越来越小。等到远古那个世界，不再能容下我们人的数量和欲望的时候，我们也就只好走进"大道废，有仁义"的古代，后来又走到了股票、商机、导弹、环境污染的现代。我们的所谓"进步"，其实，是一种不得已。到了紧张热闹的现代，如果我们怀念起另一个世界里令人兴奋的狩猎，悦耳动听的鸟鸣，宁静淡泊的田园；我们就打一场球赛，听一场音乐会，画一幅田园画，用一种很无奈的方法把我们的人性和历史续起来。地球就这么大，不是每一个地方都能有一条大路到平河的。

如果，按照人的本性来生活的话，结婚和仙鹤应该是比计算和战争更重要的事。要是人能看到自己在天地之间就那么小，人恐怕就会心安理得地做好这些小事了。人心不大的时候，平河是人和仙鹤的摇篮。

　　那条通往平河的大路，告诉我什么叫"大"，什么叫"小"。

"鸡卫士"

鸡是世界上最没有权力的动物。人养它们不是为了把它们当宠物，是为了吃。它们不像狗那么可爱，不像猫那么妩媚。它们有尖嘴、有爪子，可又不会唱鸟儿的歌，抓老鹰的食。人们和鸡和平共处的目的不是盯住它们的蛋，就是盯住它们的肉。人吃鸡的时候，说：汤鲜。并不觉得对不起谁。鸡就和蔬菜一样，我们种了它们，我们收割它们，我们把它们消化掉，它们的使命就结束了。

尤利教授说：不对！鸡知道痛。它们不是蔬菜！让别的物种疼痛，是不仁道，是野蛮，是法西斯！人怎么能像希特勒杀犹太人那样去屠杀鸡呢？！

尤利教授是犹太人。犹太人就是犹太人。该精明就精明，该节约就节约。尤利教授当了三十五年教授，当到了"杰出教授"的身份。可钱再多，不该花的时候一分也不多花。和同事出去吃个午饭，尤利教授从来不请客。你要请他，那是你情愿，尤利教授可以笑纳。但他没说回请。下次你要再请他,那还是你情愿,尤利教授依然不说回请。因为尤利教授不做自己不情愿做的事。吃饭,吃到自己高兴为止,再要吃到让他人高兴,就是浪费。尤利教授从不浪费。小气又不是丧德,又不是侵略伊拉克。

但是,杀鸡,是不道德,是屠杀无辜。尤利教授在一个春光明媚的早晨,穿着一条白绸裤,风流倜傥地来到养鸡场。黄色的蒲公英一扭细腰,一片小黄嘴儿,嘟嘟地撅在鸡场门口。尤利教授对它们点头一笑,把一顶黄草帽戴在自己头上。然后把自己捆在鸡场的矮铁门上。尤利教授就成了一棵老蒲公英,一言不发,站在太阳底下,用行动发表关于"生命诚可贵"的演讲。

这是尤利教授的周末。尤利教授愿意怎么过就怎么过。你们不理解,那是因为你们还没当到"杰出教授"。你们去钓鱼,嗨,无聊。也是待在日头底下,可你们那钓鱼的行为没有一点道德价值。你们去看电影,嗨,依然无聊。看着电影里的好人打败坏人,你们都干什么吃啦?坐山观虎斗,还吃着爆米花?你们怎么不上去帮助打一把,实践你们的道德信念呀?我,尤利教授也是站在日头底下,可我的行为有道德价值;也是在看人间是非,可我能参加进去,用行为实践我的道德价值:保护生命。

你们都来看看美国的养鸡场吧!鸡从蛋里孵出来,连土地都没沾,就被关在鸡房里,电灯还整日照在它们头上,不让它们睡觉,逼着它们整天吃食。没三个月,连土地都没沾过的小鸡就成了肥鸡,然后,一日间成千上万只鸡通通被杀头,太阳还没见过,就成了"炸肥鸡"。这叫什么生命?!世界上还有比这更不人道的行为吗?这是我的周末。谁今天想屠杀鸡场的鸡,都得先把我杀了才能进鸡场! 我今天一天就绑在这个铁门上了。

养鸡场的职工说:教授,您这么做是为鸡说了话,可我们得进去上班呀。我们也不想杀鸡,可吃鸡的人还等着鸡吃呢。他们有鸡吃,我们才有钱去养我们的孩子。

尤利教授说:让他们等吧。等到他们明白自己身上的兽性是法西斯的根源为止。杀鸡? 连最残忍的野兽也不干你们这样的大屠杀。你们的孩子要知道他们是这么被养大的,他们还会叫你们"亲爱的爸爸"吗?

养鸡场的老板来了,他说:你们教授有税收养着,我们得有鸡养着。这是不同的工作,您不能这么跟我们过不去。哪天,我们把一万只鸡赶进您的教室,让您如愿,您那学校也是不同意的呀。您是当教授的,比我们懂这个理呀。

尤利教授把脑袋一歪,冷笑一声:我今天当的是"鸡卫士"。我不要霸占你的鸡,你把它们赶到我的教室去干什么?我要你尊重生命。你养了一万只鸡,你得让它们活得像鸡。它们要在草棵子里下蛋,要在沙地里刨土。你把它们当成摇钱树,用它们换你的大房子。你是什么野兽?人!可耻。

养鸡场的老板只好打了电话,叫来警察。警察把尤利教授强行解下铁门,抓到警察局。尤利教授犯了侵犯他人私有财产罪。

尤利教授被送上了法庭, 当地的电视播放开庭实况。法官和陪审员都很同情尤利教授,也不想严惩尤利教授。说来说去,尤利教授也没干什么坏事,只是他看到人干的坏事,就在他的周末那天,用一种极端的方式说了出来。你还真不能说他的行为没有道德价值。人喝鸡汤、吃牛肉的时候,想一想人原是食肉类野兽,有残忍的劣根性,给自己提个醒,别做连野兽都不做的事情,这也是好的。这才叫有点"人性"。

于是,法官给了尤利教授两个选择:一是罚款五十美元,立刻释放;二是坐牢三天,然后释放。

尤利教授想也没想就选择了坐牢三天。"杰出教授"怎么啦?钱再多也不能浪费在罚款上。尤利教授说:我这三天大牢是为与我素不相识的一万只鸡坐的。学生要来找我上课,都到牢里来探监吧,我不会因为鸡耽误了学生。"人权""鸡权"我都要讲。

大岛和康而霓的仙鹤

这两个小镇一个叫"大岛（Grand Island，Nebraska）"，另一个叫"康而霓（Kearney，Nebraska）"。平时看来，它们是两个最平常的小镇，不大富裕却很平静，落在海洋一样的玉米地里，像两个蹲在田埂上抽烟论收成的老农民，没有什么特殊的地方。有一条平河（Platte River），弯弯曲曲从这两个小镇之间流过。平河很浅，浅得像一张纸，细风细浪，无波无澜，细腻得像少女的皮肤。浅滩一个接一个，像浮出水面的乌龟壳，要是有人说那壳上驮着"河图""洛书"，我也愿意相信，远古因为远，东方和西方在那无限远处合二为一，也是可能的。不过平河很宽，也许是因为浅，水四仰八叉地摊开，一副村姑的样子，没有野心变深，没有野心走快，只是舒服地躺在太阳底下。

每年三月末，四月初，平河被刚化的雪水充得满满的，太阳底下闪着一河的信心和自足。没有比平河性情更好的河了，从来没有发过一次水灾。河岸两边刚刚泛绿的田野还没有翻耕，玉米地里残留着鸟和鹿吃不完的玉米粒。每年，占全世界总数80%的灰羽红顶沙山鹤（Sandhill Crane）会来到这里，有六万多只。还有几百只白羽红顶鹤（Whooping Crane）也会来。随仙鹤而来的还有七十到九十万只水鸟和野鸭。这些仙鹤要从它们冬天的栖息地美国南方和墨西哥飞往它们的夏季产卵地——南加拿大。它们是候鸟，按时迁徙，为了生儿育女。它们要飞到加拿大去结婚生子。当它们飞到平河，这是它们路程的一半。不知从它们的哪一代祖爷爷祖奶奶开始，每年这个时候，它们就从南方各地来了。在清澈宽阔的平河停息十多天，大吃大喝，增强体力。然后，再飞完下面的路程。大岛和康而霓之间有1450英亩水草丰满的草原和玉米地，是仙鹤们长途迁徙中最好的驿站。等它们离开的时候，体重能增加10%。大岛镇和康而霓镇的人把它们之间的这块宝地叫作"仙鹤草原"。仙鹤来的时候，是当地居民的鸟节。

　　这里是北方，残雪刚刚还紧拉着冬天的衣襟，一眨眼，就在土地上消失得无影无踪。一切都高高兴兴地发生，也没见什么挣扎，花儿就在太阳底下开得到处都是。太阳底下，灰羽红顶的沙山仙鹤躬着灰白色的身体在玉米地里吃玉米，悠闲自得。远看，密密麻麻，像一群小跳蚤。走近看，它们很大，长腿和长脖子像是音乐做的，一动一息都是乐感。时不时还有两只嘴对嘴起舞，羽翼翩翩，颈子弯成曲线，长腿踩着节拍，远远的背景是新叶初露的林子，小风从那里吹来，春天的绿色就染进它们的舞姿。头顶上一点红，好看，胭脂涂错了地方，没涂到嘴上，涂到了眉梢上，这是它们的"仙"态所在。有几只胖胖的公仙鹤，还很有一点"九品芝麻官"的憨态。平河一带的玉米地，到了这个季节，就聚满了仙鹤。它们有个大家庭，每年都要来个"全聚福"。突然，狗一叫，它们一下子都飞起来，铺天盖地，在蓝天上组成字，在阳光中把"全聚福"晒印成黑白照。

光看这些散在玉米地里的仙鹤就已经让我吃惊不已了，那么多、那么大、那么"道家"。每年，我都是看到此为止。今年，听了朋友的评论：你看的只是单只单群的仙鹤，要看它们傍晚都回到平河上来睡觉，才算是真正看到了仙鹤世界。于是，我决定到隐蔽在平河边上的潜望所过夜，等着仙鹤回来睡觉。

太阳从天上下来了，先是很耀眼，满天写的都是光明灿烂的独立宣言，很是我行我素的样子，并不显得关心它鼻子底下的另一个世界，人的那个。等到太阳落得低一点的时候，天显得很蓝，蓝得有点透明，让人想到天外天的事，这时有成百只仙鹤从太阳面前飞过，它们在蓝天下面变换队形,从"一"字形变成半圆,又从半圆变成菱形。它们被阳光照着,都变成扁扁的形状,成了一张张半透明的白纸,在太阳底下飞舞;翅膀扇动,霓裳羽衣,时高时低,时远时近。它们飞远的时候像是一群白蝴蝶,飞上飞下,并不着急落下来,好像蓝天是它们的天池,它们是留恋湖水的小白鱼,在天池和平湖之间,不知选哪个好。突然,有一两只落下来了,在几秒钟里,它们变得那么大,翅膀像垂天之云。这一群是早归的先头部队。热闹还没开始呢。

太阳在平河的西面越落越低,平河弯弯曲曲的水面成了一个大大的砚台,金色的阳光在浅浅的水上酝酿着情趣,一片一片金光闪烁的诗句,像情书一样落在平河简单的心灵里。太阳恋爱了,放下了孤傲的架子,在爱情面前,单膝跪下;竭尽全力,讨情人的欢心,把一串一串金项链挂在平河的脖子上。平河,依然是村姑的模样,只是换了一件布满金色麦粒的衣服。

在太阳和平河计划着婚礼的时候,仙鹤们成了不请自来的嘉宾,从远远近近的玉米地里飞回来了。它们都是王熙凤的性格,人未到,笑声先到了,一时间,漫天都是它们吃饱喝足的笑声,像是满池塘的青蛙在我的头顶上喧闹。它们不再透明,不再是白色;它们成了黑色的剪纸,成群结队,一批落下,一批又起。在夕阳金红色的好情绪里,它们越来越多,越来越多。它们说着自己的语言,会着自己的朋友,喝着自己的美酒,一圈一圈在夕阳和平河之间飞舞,它们不是鸟,是一窝窝巨大的蜂子,是云,是一个世界。金红色的天空是它们的情场。

我不知道这时到底有多少只仙鹤回到了平河。"只"在这里是一个失去功能的量词。应该说"世界"。看到平河上的仙鹤,才让人不得不承认:除了人的世界以外,还有许多世界。每个世界都有自己的规则和美丽。只是,有些"世界"成了"悲惨世界",比如说,印第安人的野牛,长江里的刀鱼(学名"鲚鱼"),它们原来也有自己的世界,也是成千上万,它们要迁徙,要洄游。可惜它们不会飞,终于没有逃脱人的围追堵截,在很短的时间里,就成了珍稀物种,它们的"世界"就毁灭了。就是我们可爱的圆脸熊猫,也动不动被人从自己的世界里拉出来,送到东,送到西,成了动物世界里最具友谊的动物。

自然崇拜和宗教情怀是引起节日的原本意义。对大岛和康而霓的人来说,仙鹤的到来和离去是和他们息息相关的节日盛典。可是,每年仙鹤只在他们这里停十来天,复活节前就全部走了。在此期间,很多人会来看仙鹤,可过后,一切照旧。这里只是仙鹤的驿站,不是动物园,不是飞禽馆,没有专门的人来保护仙鹤群、管理观鹤的游人,这里不是一个长年有游人来往的旅游区。于是,每到

"仙鹤"季节，两个小镇的老人们就用义务服务来庆祝他们的节日。他们办了一个"仙鹤草原欢迎站"，保护仙鹤群，给游客导游，管理潜望所，不让仙鹤们受到惊吓。这些老人很多，他们退休前，有的是法庭庭记，有的是农民，有的是牧人，有的是护士。他们的"仙鹤草原欢迎站"从1974年成立的那天起到现在，就一直没有经费。他们在"仙鹤草原"上做这些事的唯一报酬，就是可以把他们的照片挂在"仙鹤草原欢迎站"的门厅里。这些照片一年一年增多，这是仙鹤的幸运，一年又一年，它们依然还有平河作为家族聚会的根据地，依然可以参加太阳的婚礼。

看到大岛和康而霓的仙鹤，我是喜欢的。但同时，心里又有些不服气。我原来以为仙鹤是生长在中国的鸟。它们是我们中国文化里的吉祥鸟，松鹤延年，鹤风鹤舞，乘鹤而去，都是我小时候在中国童话里读到的故事。怎么仙鹤都跑美国来了？我想：也许，在汉朝唐朝，中国的仙鹤也是很多很多的，像平河上的仙鹤这么多，所以我们有很多"松鹤图"，有很多关于"鹤"的成语，像"风声鹤唳""鹤发童颜""鹤立鸡群"等等。看起来，听起来，仙鹤也曾经就在我们身边，像在大岛和康而霓人的身边一样。

现在，大岛和康而霓人崇拜和爱戴自然里真实存在的动物，他们对美丽的鸟儿和动物产生的情怀是怜惜和保护欲，这应该是理性思考的结果。这是文化的好处。

有意思的洋人吃根本不存在的"东兔"蛋！等仙鹤在复活节前走了，草地也就大绿了。大岛和康而霓的人就又等着"东兔"来。神不知，鬼不觉，复活节"东兔"就会把彩色的鸡蛋藏在青草地里。大人们就让孩子们去捡。于是，万木俱荣。小镇的老人们会笑眯眯地帮孩子打开彩蛋，从里面掏出糖果和巧克力来给孩子们吃。孩子们会问："为什么'东兔'给我们送蛋来，仙鹤却不留下蛋来？"老人们就会说："等着。仙鹤现在到加拿大的老家去生蛋了。它们每年要生两个蛋，只有一个能活。明年它们会带着小仙鹤回到我们这里来的。"

仙鹤是自然送给小镇人的节日妆点，像圣诞节的雪，鬼节时的秋叶。雪会融化，秋叶会落光，仙鹤会飞走。只要四季轮流，它们明年还会来。但是把它们吃了，它们就不会再来了。

但愿到我们的孙子辈，除了灰色的高楼世界以外，他们还能认识仙鹤的世界。

水边的小世界

在这条小溪边住到第十个夏天，流过去的水还和十年前一样，远处白亮，近处动人。天上的蓝在水里是活的，和天一样大，却有语言，一声起一声伏，一波接一波，风来了，话说快了，就是一些碎了的只言片语，依然是蓝色——碎了的蓝色。天上的白云在水里也是活的，是一朵一朵穿着白睡衣的睡美人，比在天上飘浮的时候还安静，眼睛是闭着的，梦却是醒着的，也是一波接一波，不过可以飘起来，雾状，白色。没有一个名字可以正好符合这条小溪的属性，除了叫它"水"。

在水边住了十个夏天后，我认识了许多水上的鸟，还有一些在水边来来往往的动物。想人的事情想多了，鸟和其他的小生灵会提醒我：世界不止一个"人类社会"。人以外的世界也一样精彩。只是人活得太匆忙，还没有来得及走出自己的世界，一生就过完了。这是人的悲剧。所以，我想停一停，看看鸟的世界。

十年前，我知道有一对加拿大大雁在初夏会沿着小溪来回游弋，我们把它俩叫作"天鹅"，它们非常优雅，身段偏胖，羽毛灰中夹黑，像印第安人的小浮艇；脖子漆黑细长，时曲时伸，小头一点，这两个精灵就是两个落在水线上的小音符，举手投足都是文化。还有一年，我看见这两只大雁走走停停，十分谨慎，再仔细一看，他们脚边还笨笨拙拙地游着七八个小不点。狗一叫，他们就马上停止前进，急急忙忙地把小不点们往草棵子里赶。今年他们又来了，是长长的一队，有十来只，一溜儿，从绿水上滑过来。分不清谁是父辈，谁是子辈。狗一叫，他们全队停住，在水里排成散兵线，和狗对视。意思是：这是我们家族的水域，没我们，这能叫"水"吗？对视了大概十分钟，狗不动了，在露台上趴下，意思是：你们赢了。这一队大雁又重整队形，缓缓向上游移动，水纹在他们后面追赶，唱着一段"外婆的澎湖湾"。

今年还来了好几只蓝乐鸟，尾巴长，肚子挺，尾巴和肚子都是蓝色，翠翠的蓝。他们是鸟中的男人，如有战事，蓝乐鸟就冲上去了。今年的战事分两类：一是乌鸦驱逐战，二是松鼠驱逐战。蓝乐鸟从山核桃枝上冲下来，来回几次，蓝色战斗机一样，翅膀闪过，一道蓝光。乌鸦从食物上飞走了，把地盘让给蓝乐鸟。松鼠却动也不动，直到狗跑来，才把松鼠从鸟食上赶走。

狗对松鼠不友好，他们应是智力相当。松鼠想到哪儿就能到哪儿，小火箭一样蹿到软枝上，又借着弹性，跳到鸟食房子上，坐在那里吃一半，糟一半。狗对这种品行不能容忍，前前后后咬，想把松鼠赶走。可是松鼠是赶不走的，它不按狗的道德观行事，居然当着狗的面，咬坏了装鸟食的口袋，钻进去就吃得不出来了。

要是没有狗，动物世界和人之间就少了一个重要的交通员。狗向人求助。狗跟在人后面，把人的世界当作他自己的，把动物世界也当成他自己的。我对狗的德行一直钦佩。要是上帝让人的品行发展到狗的水平就停住，那世界会安宁得多。我猜想，狗和人大概有不同的信仰。观看人的品行，人不是不知道什么是德行，人知道，但人会选择邪恶。这就是那句著名的"邪恶的对立面不是德行，是信仰"。

如果狗不偏心，让狗把人的世界和动物的世界做个比较，狗一定会判定：动物世界要比人的美。动物的野心、贪婪和狡猾都远在人之下。如果说，人是从动物界进化的结果，那么，我们看到的却是智能的进化，德行的退化。所以进化论在一定意义上可能是一种误导，给人类一种不真实的优越感。当人和自然近的时候，人应该感到羞愧，我们的德行退化了。

无论如何美和善应该是同义词。

阿拉斯加,蓝,白,黄

阿拉斯加不是"小美人"。霓虹灯、酒吧、歌舞场是"小美人"。"小美人"点缀城市,城市以"美人如云"为盛事。阿拉斯加的美是大美。大而简朴的美,大而宁静的美,像一卷没打开的竹简,把远古的故事保留在心里;像一匹新扎染的印花布,把淡泊的哲理写成白褂子蓝裙子。阿拉斯加还有黄金,那就是黄色,一种"人欲"的颜色。我的阿拉斯加游记有"蓝"、"白"、"黄"三色,这是我在阿拉斯加看到的三种颜色。每一种颜色都是一段味道独特的故事,像一杯阿拉斯加的三色鸡尾酒,我调,你喝。但愿你跟我一起醉。

蓝色坎奇肯

坎奇肯(Ketchikan)是一个依山临海的小镇。说它"依山",它"依"的不是山坡,它"依"的是绝壁。山,是坎奇肯镇的脊梁。说它"临海"，它"临"的不是海滩，它"临"的是深海。海，是坎奇肯镇的前襟。白雾缭绕在坎奇肯镇的"脊梁"上，那山的名字叫"雾富家子（Misty Fjords）"；小岛点缀在坎奇肯镇的"前襟"上，那海的名字叫"太平洋（Pacific Ocean）"。坎奇肯镇细细长长，挤在山和海的边界上。这里原来只住得下一个人，现在却挤进了一个镇。

1883年，一个叫斯诺（Snow）的人在这里搭了一个抓三纹鱼的鱼棚，住下了。两年后，坡特兰（Portland, Oregon）的商人雇佣迈克·马丁（Mike Martin）到这里来了解鱼情，到1900年初，马丁和三文鱼行的经理乔治·克拉克（George Clark）在这里开了又一个渔棚，外加一个杂货店。坎奇肯镇的历史就这样从"太极为一，是分两仪"开始了。并且越分越快，再两年后，大小鱼行就在坎奇肯镇发达起来，人口也涨到八百。镇也就成其为镇了。现在，全镇大概有八千人。

坎奇肯镇总是细雨蒙蒙，非常有人情味。北美大陆炎热的盛夏雄赳赳、气昂昂地走到这里，立刻被坎奇肯终日不断的细雨淋得湿漉漉的，只剩下柔软的妇人心肠了。坎奇肯的夏天到处都是母爱的印子。遍地俯卧着的三叶草密得像母亲停不住的唠叨，街口迟开的郁金香红得像母亲的吻，银色的三文鱼则是被母亲宠坏了的小弟弟,在坎奇肯山溪里肆意蹦跳,这是坎奇肯一年最好的季节。

下了轮船就是镇子。山扑面而来,一溜依山而建的小店铺像积木搭起来的童话小屋,或带着海蓝色的木边,或涂着海蓝色的装饰,它们也随着山势,略带倾斜地扑面而来,那里面似乎随时都会走出一个长鼻子老太婆,或美人鱼来。各色店铺最高的也就两三层,并不很新,也不大,却很有味道,鱼的味道、海的味道、山的味道,过去和现在混合在一起的味道,就是没有多少文明的味道。再走两步就是一条流过小镇的坎奇肯山溪,小店铺便沿溪水两边分开,从蓝色的商店变成了棕色的木楼,有木阳台倒映在水里。它们让我想起苏州,或秦淮河,想起那种粽子糖的甜味和小笼包的蒸汽。在坎奇肯"仁者乐山,智者乐水"都齐全了。

在溪水边的一家泰国饭店吃过午饭,我就领着小儿子去爬"雾富家子"山。一进山,所有长长短短的句子都变得只有一个目的:想变成诗。没有哪座山比"雾富家子"山更应该进诗上画。山里的小径一路在头里牵引,曲折幽静,没有尽头。没走多远,就有薄雾从袖口擦过,温湿得像小狗的呼吸,一团讨好人的气息。脚下的藤萝长着圆头圆脑的叶子,肆无忌惮地向每个空间爬去,恨不能把上上下下的空白都涂绿。树多为松柏,一棵挨一棵,或粗或细，一片连一片，手拉手，肩并肩，它们是守护"雾富家子"山的士兵，它们的营寨铺天盖地，从山脚一直连到山顶。

仰望"雾富家子"山，山顶上还有积雪。白雪和白云都停在天上，不言不语，让人分不清它们谁是姐姐，谁是妹妹。我对小儿子说："雪崖滑去马，萝径迷归人。"他不懂，脸上带着无知的笑。我又说："楚山秦山多白云，白云处处长随君"。这下他懂了。并立刻建议我把这李白诗句改成："雾富家子多白云，白云处处长随鹰"。

在白雪与白云之间，有一两只伸展着翅膀滑翔的老鹰，忽上忽下，小儿子说，他刚才进山的时候，看到导游册上的介绍，"坎奇肯"是特令特印第安人（the Tlingit Indians）的土语。意思是："展翅的雷鹰"。

特令特印第安人占坎奇肯镇人口的16%。他们在家门口，在山洞里，在树丛中立了许多图腾柱。图腾柱也是坎奇肯的一道风景。我们在山间小道上走着，突然，某一拐弯处兀自冒出一根十米高的图腾柱，柱子上刻着一串蓝色的人脸，一律方嘴，大眼，厉鬼一般。但神态、大小、姿势又各色不一。柱子的底色多为赭红色。图腾柱的高大恐怖，让人觉得自己渺小。特令特印第安人不用文字记录历史，这些图腾柱就是他们各家记录的历史故事。这些图腾柱是特令特印第安人的神物，它们保护着自己家族的后代。和我们中国祖宗牌位的功能有点相似。面对高山大海，人不能不敬畏。有的时候，在人头攒动的大城市里住着，人们互相抬举，互相壮胆，我们就会忘记这一点。以为人的本事奇大无比。但当我孤单地立在山野中冒出来的图腾柱下，仰视着那一串大嘴指向天空的蓝色"天问"，便有一种根植于人类幼年的敬畏心油然而生。当人知道自己渺小的时候，便是他或她不敢胆大妄为的时候。人能有对未知的敬畏，是人的一种智慧。

过了图腾柱，山路越来越陡。枯枝颓树夹杂在茂密的丛林里，把一个生命的过程平摊在我们眼前。越往里走越幽深，树木也越粗大。时常有两人抱不拢的枯树躺在路边，听任蝼蚁菌类在它那个巨大的躯体上画地为牢。这里，是一个有"鲲鹏"有"螟蛉"，有大知有小知，有大年有小年的世界。不过，在没有人烟的时候，这一切原来都是可以齐而为一的。森林和雾让一切不同都可以在它们的庇护下悄悄地、和平地进行。那种"物竞天择"的学说似乎成了人制造出来的紧张，在没有人的地方，花自开，鸟自鸣。并不只是一副你吃我，我吃你的残酷。

走了三个小时山路之后，我们爬到了半山腰的小平台上，天地豁然开阔，往脚下看去，不知还藏着多少童话的坎奇肯小镇缩成一个核桃公主的小城池。它那么小，小得就像几个方块字，随便从铅笔盒里拿出一块橡皮，就能把它擦掉。但它前面的海却博大无边，一口大气直蓝到天际。海蓝和天蓝像诗和梦，在海天无痕之处互为倒影。"雾富家子"山勾勒出的海湾无风无浪，湾里拥着白帆，湾上停着白云。有一个简单的哲理明明白白地写在这段"桃花源记"上：自然有自己和平的颜色。狰嵘险恶的竞争是文明社会制造出来恐慌。

蓝色坎奇肯用短短的历史，虔诚的敬畏，认真的博爱，酿造出了一杯耐人品味的白兰地。我这个从挤挤扎扎的文明社会过来的人，但愿这杯白兰地越陈越好。

白色基尼瓦

基尼瓦（Juneau）是阿拉斯加的首府。比坎奇肯略多几条小街。这里原来是特令特印第安人的瓦克渔村（Auk Village）。1867年美国从俄国手里买下了大片阿拉斯加的土地。1880年理查德·亨利（Richard Harris）和炯·基尼瓦（Joe Juneau）在印第安酋长寇威（Chief Kowee）的带领下划着独木舟来到这里。1900年阿拉斯加州政府搬到基尼瓦。这里成了城市。

立在基尼瓦码头，代表阿拉斯加人欢迎来客的官方使节是一只母狗，"帕翠·安（Patzy Ann）"。帕翠·安是一只快乐的小狗，1929年来到基尼瓦。她天生就是一个小宠物,但她是一个聋子。不知什么原因,她没有了主人,成了野狗。于是她就自说自话,在基尼瓦的码头上找到了自己的天堂。她整天在水手俱乐部的大堂里转悠,快乐的水手们来来去去,给她食物吃。她不属于哪个人,她属于所有的水手。所有的水手都是她的家人,她是水手中的一员。虽然听不见,可是不知根据什么,只要一有轮船进港,她总是第一个知道,跳起来就向还没见到影子的轮船迎接过去。基尼瓦的女人孩子们就跟在她后面跑,欢天喜地去接远航归来的亲人。基尼瓦人相信帕翠·安能识字,她在水手俱乐部里读了报纸上的轮船时刻表,所以她知道轮船回港的时间。

后来,基尼瓦市有了新规定,所有的狗上街都得带链子和项圈。有人给帕翠·安弄了一个项圈带上,但自由快乐的帕翠·安立刻就自己做主,把项圈给扔掉了。如此三番,帕翠·安明确表示了她不喜欢市长的这个新规定。基尼瓦人向市长提出:一个如此端庄的狗妇人,恐怕是不应该用项圈限制的。于是,1934年,市长高德斯坦(Goldstein)宣布:帕翠·安作为阿拉斯加人的"官方迎客使节",不受项圈、狗链限制。1942年帕翠·安睡觉的时候在海员俱乐部大厅里怡享天年。第二天,基尼瓦的大人小孩都来给她送葬。五十年后,在她的安息之地,艺术家为她立了一个铜像,让她望着码头,成为永远的"官方迎客使节"。帕翠·安的铜像在太阳底下闪着蓝莹莹的白光,用一种纯洁的神情表达了阿拉斯加的人情。

和这种纯洁的神情相通的是司机戴维脸上的神情。戴维领我们去基尼瓦海湾看冰川。那冰川的名字叫"梦登豪(Mendenhall)"。冰川也在太阳底下闪着蓝莹莹的白光。基尼瓦人像关爱野狗帕翠·安一样爱护他们的冰川。他们关心着冰川的高矮胖瘦。司机戴维一路不停地抱怨环球升温,唠叨:冰川今年瘦了四十厘米。好像是心疼自家的儿子。

还没靠近"梦登豪"冰川,寒气就已经袭来。眼前白茫茫的一片,不知是冷气还是白云,我们像进了百慕大。等到能看清冰川晶莹洁净的大骨架时,小儿子已经冻得嗷嗷直叫了,一头钻进瞭望室,再也不肯出来了。我继续往前跑,想给这个冰的瀑布,冰的山梁,冰的世界,冰的宇宙照几张相片。结果,照了一张,赶快往回跑。这里是冰雪女王的宫殿。宫廷美人们用寒气逼人的"酷"来表示她们的矜持。

这么大的冰川,瘦了四十厘米好像可以忽略不计。但是小儿子突然担心:要是"梦登豪"冰川全化了,会不会就如同冰雪女王驾着她的雪橇,冲出宫殿,卷起洪水滔天,淹没世界?

不想象这样的情境,人们还可以在各地肆意狂想:

发电,造车,扔导弹。但是住在冰川边上的基尼瓦人却不能不焦躁不安地关注未来。看着冰川的消瘦,他们束手无策,那不是他们造成的疾病。他们无法控制在世界各地膨胀起来的热气流。戴维说:"我们基尼瓦人真想像喂肥帕翠·安那样喂胖我们的'梦登豪'冰川。没有多久,冰川也会变成濒临危机的物种啦!"

也许,阿拉斯加是许多濒临危机物种的最后避难所。在"梦登豪"冰川白茫茫的海域里,还栖居着很多海洋动物和鸟类。现在,其他地方的城市海滩上恐怕连贝壳都见不到了,可这里的礁石上还挤着各种各样的海洋动物。最可爱的是肥嘟嘟的海象,它们挤在海鸥群里,伸着尖鼻子,旁若无人地呼呼大睡。海鸥飞起落下,在它头上拉屎,它天塌下来不管,醒了翻个身,吃几条跳到嘴边的三文鱼,接着再睡。这样的日子倒是过的无为而治。

与海象相比,鲸鱼要繁忙得多。因为它们一天要吃三百多条三文鱼。它们得不停地抓鱼。戴维让我们穿上厚棉衣,乘上一只小快艇,去看鲸鱼。戴维已经研究这里的鲸鱼十几年了。他告诉我们鲸鱼有流浪鱼群和家居鱼群。我们要去看的是家居鱼群。家居鲸鱼不迁徙,世世代代都住在一个海湾,过着母系社会的生活。它们在一个老祖母的氏族里繁衍,一个家族能有近百条鲸鱼。公鲸鱼到了交配年龄,可以离家浪漫,但是事完之后,不管多么难舍难分,也一定要回到祖母家谋生。这个深水海湾里的每一条鲸鱼都有名字,它们张三李四,一个接一个地鱼跃而上。得意地露出白肚皮,又一头扎下,翻上油亮的黑背脊,接着尾巴一煽,潜入水底,二十分钟也不出来换气。戴维说:"它们在水底母子合作围剿三文鱼呢。"

冰川的寒气使海湾冻得发白。白色的海湾里停着一只小船,小船上坐在一个冻得畏畏缩缩的人。戴维说:那是基尼瓦的警察。他的工作是不让各种船只靠鲸鱼太近,干扰了它们的正常生活。

我对小儿子说:"这个守在小船里的警察是我们今天看到的最好看的人。他是阿拉斯加人。"小儿子同意了,还加了一句:"戴维也是阿拉斯加人"。

阿拉斯加和动物世界共享"人情"这个词的内涵。

黄金斯盖维

"白色通道(White Pass)"是一列火车的名字,也是一条铁路的名字。火车跟铁路姓,也是理所当然的事。这条铁路可不是一般的铁路,是一条黄金架出来的铁路,从阿拉斯加最北边的小镇斯盖维(Skagway)的"白色通道"站一直通到加拿大境内的犹唐站(Yutan)。

一下轮船,火车"白色通道"号就停在码头上。车头是暗红色的,前面别着一个展翅老鹰的标志,车身黄绿相间。我走到它跟前,觉得它完全没有火车的粗莽,简直就不像一列火车。倒像一个戴着蝴蝶领带,穿着燕尾服的餐厅应候生,文文雅雅地等着替客人倒酒。火车从黑脸李逵变成应候生,这里面一定是有故事的。

斯盖维真冷,完全没有最南边坎奇肯镇的温暖。坎奇肯是初夏,这里是寒冬。我和小儿子立刻放弃了逛小镇的打算,匆匆忙忙钻进火车。"白色通道"号车厢里很暖和,玻璃上附着水蒸气,完全是冬天的感觉。小儿子立刻在旅游册里找到了斯盖维冷的原因:斯盖维(Skagway)是特令特印第安人的土语:"北风吹起的地方"。

上了火车,斯盖维镇和铁路"白色通道"的故事就开始了。穿着黑色铁路制服的警察刚吹了哨子,火车"白色通道"就到了下一站"斯盖维镇"。斯盖维镇的好几个建筑很有俄国风格,教堂是天蓝色的圆顶,商店的橱窗里也摆着俄国的连环套娃娃。时时处处提醒着人们这里是真正的北方。

第一个来到这个寒冷角落的非土著人是威廉·摩尔船长(Captain William Moore)和他的儿子白纳德·摩尔(J. Bernard Moore)。1887年他们在斯盖维河谷东岸住了下来,他们是给加拿大测量队工作的。他们发现一条原来已有的小路可以通到加拿大境内,但是那条路太难走。于是，他们又探出一条可以沿着北边山崖和河流走到加拿大犹唐的"白色通道"。"白色通道"顺着白河逆流而行，又沿着白色的雪山蜿蜒而上，翻山越岭，如同蜀道。

那时候，已经有风声说加拿大西北边的犹唐（Yu-tan）有黄金，而阿拉斯加是到达犹唐的一条通路。摩尔船长回到他在斯盖维河边的家里，告诉他的儿子，静静等着，会有很多人来采黄金的，还会有人要在这里造铁路的。在以后的日子里，他和他的儿子都在修路，修成这条从斯盖维镇通到加拿大边界苏密特山顶（Summit）的白色山路。

1898年7月17日，人们听说一艘叫"波特兰"号轮船载了"一吨"从犹唐附近克隆迪克（Klondike）采到的黄金，开进了西雅图。这个消息给充满欲望的世界一个电击，一下子，发财梦似乎成了可能，无数个黄金热的追随者兴奋得无以复加。人们互相提醒："赶快到犹唐去，在世界还没有全部挤进犹唐之前，在寒冷的犹唐还没有结冰之前到犹唐去！"当月下旬，第一船采金者就来到了斯盖维。这个"北风吹起的地方"一下子挤满了欲望吹来的热风。小小的斯盖维在几天内就变成了一个镇。不多久，人口就到了两万。据当时人记载，无数只大船小船挤不到岸边，人们抓住什么能漂浮的东西就往岸上划，家具漂在水上,牲口被推下船自己游到岸上。岸边路口一片混乱,到后来,斯盖维镇简直成了黑帮当道的地方了。可大家都盲目地相信这混乱是走向富裕之门。

黄金,被人赋予了辉煌的价值,它本来柔和的黄色变成了一种它自己完全不懂的灾难。来采金的人一个挨一个,排成一条线,这条线有八公里长,他们要在寒冷的雪地里走九百公里山路到犹唐,每个人要带着牲口,牲口得驮着近一千磅重的食物、用具、帐篷。走到冰天雪地之处,每一级台阶都要凿出来。人们你挤我,我推你,生怕一落到队伍之外就被财神踢出大门。三千多个牲口走在这条山路上,成群地累死,死了就被扔到路边的泥泞里。印第安人也被雇来驮东西,一美元一个行李。那是怎样的一种情形呀?!人被欲望和发财梦驱使着,心甘情愿地当着物欲世界的奴隶。

"白色通道"铁路的修建就是这次黄金热的产物。这条铁路1898年开始修建,二十六个月完成。在冰天雪地,高山深谷里建这样一条铁路,不知有多少惨烈的故事被压在铁轨之下。人们把这条铁路称作"黄金铁路"。可是,到它完成的时候,黄金热已经过去了。黄金热的结束就像它的开始一样突然。说完就完了。匆匆而来的两万采金者又匆匆而去了,斯盖维的人口减少到只有八百个长驻民。这条黄金铁路还没怎么用,就改变了原来疯狂的日的。它不知所措地躺在山崖峭壁的边缘,盲目地瞪着峡谷里被废弃的临时村庄和一些采金人、修路工留下的孤坟。把一个长长的问号划九百公里:"人,你们这是怎么啦?!"

到如今,"白色通道"只是一条供人旅游观光的铁路线了。那些本来威风凛凛,准备冲进黄金梦的火车成了破落地主家的孤儿,有些被卖掉了,没卖掉的就变成了现在这种应候生的模样。

冷却下来的"白色通道"其实是很美的。我和小儿子把鼻子贴在车窗上,看着窗口外倒退过去的树木山石,还有那条像丝绸一样发亮的白河。小儿子问我:"这里没有黄金也是很好看的,为什么人们只认为黄金好看呢?"

这是一个价值标准的问题。山可以是美的,水可以是美的,人的生命也可以是美的,但是,当人的生存空间狭小的时候,人就没有了安全感,另一种东西,譬如说黄金或金钱,就变成了某种安全感的象征。人们要黄金和金钱,其实并不是为了它们的颜色和质地,是为了用它们换来幸福、安全和美。但到最后,人却把占有黄金或金钱本身当成了幸福和安全。这是人性的异化。人性一异化,生命的美感就没有了。所以,不美的是人欲。

"白色通道"两边的雪山,其实是圣洁的,它们是坎奇肯"雾富家子"山的好兄弟。它们原谅了人们强挂在它们脖子上的铁路,依然让太阳在它们有棱有角的冰峰上反射着温柔的光;依然让云雨在它们宽大的峡谷里酝酿着幽怨情愁;依然让瀑布从它们慷慨的指缝里飞流而下;依然把蓝天白云的品质托出来献给人们。

也许,我们只需要蓝、白两色。阿拉斯加的简朴、大气有两种颜色就足够了。在自然里重笔突出黄金的颜色,其实是很可笑的。但是,人们确实把"黄"色加进过阿拉斯加。这是一种对阿拉斯加的误解。

我们的"白色通道"火车终于到了终点站——苏密特山顶(Summit)。那里,有一个豆角形的浅湖(Lake Bennett),静静地落在美国和加拿大的交界上。湖底的细沙呈皱纹状,一副苦笑的样子。至此,"白色通道"又原路返回。当人们疯疯癫癫向金钱奔去的时候,终点大概就是这样一副苦笑吧。

我的三色鸡尾酒调好了。你尖起嘴抿一口吧。愿阿拉斯加鸡尾酒的醇厚让你口齿飘香。我再把那个黄金梦的苦笑当作冰块加进你的杯里。干杯!让我们醉而不昏。

阿拉斯加，蓝，白，黄

海蓝和天蓝像诗和梦，在海天无痕之处互为倒影。
山勾出的海湾无风无浪，湾里拥着白帆，天上停着白云。

阿拉斯加，蓝，白，黄

冰川也在太阳底下闪着蓝莹莹的白光。

基尼瓦人爱护他们的冰川，关心着冰川的高矮胖瘦。

小孩，男人，狗

沙拉苏

　　除了儿子，我最喜欢狗和仙鹤。在我小时候，狗和仙鹤是故事里的人物。狗有个小黑鼻子，仙鹤有个小红鼻子。狗胖，仙鹤高。他们本来是我的小朋友，狗睡在我旁边，仙鹤飞到我的梦里。有了儿子以后，我自动升级，成了妈妈，狗和仙鹤就成了儿子的小朋友，也就成了我的小孩子。我喜欢多子多孙，三只狗和三百万只仙鹤，都是我的小孩子。我愿意生出小狗、小仙鹤来。生出可爱的东西来，叫创造。做梦也是一种创造。和血缘家族没有关系。中国古时候的人，想变成蝴蝶就变成蝴蝶，当几天蝴蝶，烦了，再变回一个姓"庄"的老家伙。现在，人都能跑到月亮火星上去踩一脚了，我怎么就不能生狗生仙鹤？

　　儿子上大学以后，家里没有小孩子了。生出一大群小孩子来,就越发重要起来。在我正做着子孙满堂的好梦的时候,沙拉苏从天上掉下来了。她像一只小仙鹤,肚皮圆圆的,两条小细腿。跟在两个哥哥后面,小心谨慎地走下楼梯,看见我家的三只狗,一转身就逃回家去了。她的两个哥哥过来拍狗,说:"伏伏"。沙拉苏又把头从门缝里探出来,眼睛圆圆的,像小仙鹤问路的神情。

三个小孩子,没一个会说英文。他们的父母也不会说。他们才从缅甸的难民营过来。教会帮他们租了一间在二楼的房子。他们从教会领来一些最基本的日用品,就过起日子了。

因为语言不通,我跟沙拉苏的交流主要通过巧克力进行。我给她糖,她立刻说:"拜拜"。然后接了糖就吃。等我家的三条狗冲过来,她就一边往后退一边对我说话。我以为她害怕狗,就说:"这三条狗,是我的小朋友。它们最喜欢小孩子。"沙拉苏自然听不懂我说些什么,她爬上楼梯,坐在高处,吃着巧克力,对我说了一长串缅甸话。我猜,她是问我关于我家狗的问题。我就告诉她:最大的狗,叫"银河系",它是大叔。两个小一点的,叫弟弟和妹妹。不是"银河系"生的,是"银河系"带大的。沙拉苏听懂听不懂,我也不管。只管跟她讲,就当她能听懂一样。沙拉苏还小,才四岁。她到了美国,总得会说英文。小孩子学语言,不就是这么学的吗。

我也给沙拉苏小玩具,她也说"拜拜",然后就玩,狗一来,她又跟我说那一长串缅甸话。可惜,我听不懂。我就再把狗大叔、狗弟弟、狗妹妹的故事对她说一遍。我还给沙拉苏果冻。她喜欢果冻。依然先说"拜拜",然后再吃。吃完了,问"伏伏"。我猜她是问我家的狗儿们哪里去了。我就说:"它们在家睡觉",还做出睡觉的样子。沙拉苏又把每次说的那一长串话儿说了一遍,又闭上眼睛,做出睡觉的样子。我还是不懂她想告诉我什么。不过,我猜"拜拜",在大概就是他们语言里的"谢谢";"伏伏"就是他们语言里的"狗"。

天气暖和一点儿了,沙拉苏换上了从教会领来的毛线衣。肥肥大大,拖到膝盖。她的大哥哥不知从哪儿弄了辆旧自行车,在街口上一圈一圈地骑。一个车轮没气,车子一颠一颠的。她的小哥哥也不知从哪儿弄了辆儿童三轮车,拼命踩着脚踏板,跟在大哥哥的自行车后面追。沙拉苏就使劲迈着两条小细腿,跟着两个哥哥跑。嘴里说"Monster,Monster(怪兽)"。沙拉苏会说一个英文字了!不知道她怎么会选了这个字说,也不知道是谁教她的。也许,她根本就不懂是什么意思,胡乱学着其他小朋友的话儿说吧。

我拦住沙拉苏,叫她别在街口乱跑。我说:我们家除了一个大儿子、三只狗,还有三百万个小孩子,我带你去看他们。我猜,沙拉苏能听懂一点英文了。她很高兴,跑去跟她妈妈说。

她妈是个瘦小和善的缅甸妇人，腰上围一个筒裙，前襟挂一个有红杠绿杠蓝杠的布包，她不穿教会领来的美国式毛衬或牛仔裤。我对她解释：我想带沙拉苏去看仙鹤。仙鹤，是我们这里的奇观。世界仙鹤总数的75%，在3月和4月之间，都在我们这里。我们这里有条河，叫平河，是仙鹤睡觉的地方。在这一个月里，仙鹤们白天到玉米地里吃农民去年落在田里的玉米和地里的肥虫小蛇，晚上，回到平河睡觉。我说带沙拉苏去看仙鹤，就是带她到平河边去，看仙鹤们吃饱了回来睡觉。沙拉苏的妈妈还是一个英文字儿也不会说，但她笑着对我做了一个佛家的合掌。我猜，她是同意了。我就把沙拉苏带走了。

傍晚的时候，仙鹤们回来了。它们是一个一个大家庭，在紫云前面飞舞，一圈又一圈。粉红色的落日在平河水面上一点，河水成金。平河一身书卷气，一张纹理细密的宣纸，被落日一抖，全展开给了仙鹤。满天金色的叫声，蕴笔酿墨，一行行长短句，一篇篇逍遥游，从天而降，全收进平河的灵气。生命原来都一样伟大。沙拉苏看呆了。我就小声对她说："我们得轻轻说话，不能吓着仙鹤。你看，那些脸对脸跳舞的大个子仙鹤，比你还高。它们是爸爸和妈妈。它们要到北方去下蛋，它们一年只生两个蛋。小仙鹤出来了，父亲带一个，母亲带一个。这么多仙鹤到这里聚会,是给家里的姐妹兄弟相亲呢。"沙拉苏就在我耳边把她每次都想告诉我的那一长串缅甸话儿说了一遍又一遍。我猜不懂她是什么意思,她非常想让我懂,还指着两只小一点的仙鹤比画。我还是不懂。

后来,沙拉苏上了学前班,有小朋友玩了。一年后,沙拉苏的母亲生了一个小妹妹。我对沙拉苏说:祝贺你有了一个小妹妹。沙拉苏立刻又把她总是想告诉我的那一长串缅甸话儿说了一遍。看我一年也没听懂她这句话。她突然说英文了:"我还有两个姐姐。死了。"我不相信地看着她,她又说:"她们从河边回家,坏人Monster,砰砰,打死了。"她用小手做出枪的样子,再头一歪,做出睡觉的样子。

我懂了:这个四岁的孩子见过强权和战争。看过暴力践踏花朵一样的生命。

这就是沙拉苏花了一年工夫,想让我懂的故事。这也是她用第一句英文告诉我的故事。如果,谁还喜欢强权和暴力,我想:他们都应该来听听沙拉苏的故事。

沙拉苏现在五岁。

犹他的山

犹他的山全是男人。让我不得不爱。我本来并不知道山是可以有性别的。看到犹他的山,我的第一反应就是:嫁给一座山,嫁给十座山,嫁给所有的山。还等什么?世界上难道还会有比这些筋骨突出的大山更棱角分明的男人吗?

男人当着男人,其实并不用管女人怎么定义他们。但是,女人对男人是有期望的,就像男人对女人是有期望的一样。如果男人们看见这一片红色海洋一样的大山,而不能"心有灵犀"的话,他们还没把男人当出来。男人不需要多说话,男人站在那里。好女人用不着他们来当挡风的墙,但是,好女人需要他们怀揣一颗叫作"正义"的心。犹他的那些山说着自己的语言,这个语言叫"寂静无声"。大道不言,"寂静无声"是宇宙的语言。我可以不懂,你可以不懂,但我和你都不会怀疑这语言的力量是从"正义"之心发出来的。天地之正道,在男人心中。这样的男人不会腐败。站在那里一万年,自己不动不说话,让女人心甘情愿地说:"之子于归"。

有的男人心情总是不好,要人哄。我愿意去哄男人,阳光一程,月光一程,男人高兴,我也高兴。但是我不愿意整天去哄男人。作为女人,我们自己已经有太多我们自己的问题需要对付,我们不要男人操心,却也实在不愿意当男人的安慰剂、安全港。男人有问题男人自己处理。若不知如何让自己高兴,我就建议这样的男人到犹他的大山里去一趟，找一块拱形的或笔直的岩石坐下，等着日落，看一片夕阳从这些石块上走过，没有重量，没有声音。突然一下，就把这一片山石都染得金碧辉煌。欢声笑语都在光圈里开花结果，子孙满堂。金皇冠、小红嘴、黄钯儿、蜜果子……我想，那个坐在山石下体会这样意境的男人，当他站起身来，一定会认识到：一个形而上的宫殿，富丽堂皇。其实只要一点光，只要心里有一块石头能留住光。女人希望男人身上有光。

有的男人自我感觉总是很好。他们是成功的男人。和成功的男人相比，上面才说到的那些不成功的男人还更能招人爱。男人一成功，就越发容易变成社会动物或政治动物，最好的也就是还会说："成功的男人背后有一个女人。"可女人为什么跑到背后去了？我又没裹着小脚，又不是不会自己做人，我不分他的功。他也别以为自己真有功。男人的背后应该是他的责任。如果一个文化把女人的脚折断裹起来，一千年，而没有男人站出来保护，倒还要求女人脚裹得越小越好。这一族的男人都是有罪的。他们把男人的责任忘掉了一千年，当了一千年邪恶的帮凶。他们要对这个民族的女人赎罪。他们再成功一千年，也只能当作对前一千年过错的忏悔，而不能有权力得意扬扬使唤女人。

女人要吃饭，女人自己做。男人要吃饭，女人可以做,但别把这活儿当作女人背后的责任,加到男女共同生活的契约里来。我知道,没一个成功的男人会喜欢我说的这些话。但是我还是要对他们说:要是从犹他的大山上一眼望过去,你会看到一排排如同屏风一样的大山,没有尽头,或如同穿着红色制服的法国军队,或如同挂着三角旗的红色舰队。山头上有两块拱形的大山石,叫"世界的眼睛",用"世界的眼睛"往下一看:我们人就是一些小蚂蚁,头上竖着两根小天线,你触我一下,我触你一下,这是我们的语言。这语言动不动还出错,语法混乱,是非颠倒。我们传来传去的信息,在我们蚂蚁一族里叫"成功",在大山的眼里,就是蚂蚁搬家,一粒米搬回家了。人要不知道自己的小,就不知道宇宙的大。不知道人之外还有宇宙的男人,绝不能嫁。

还有的男人拖着小油瓶。我不知道我能不能当好后妈,而且我也不想当。但是,若这个男人能有大山的属性,拖五个小油瓶,我也愿意先认识认识。后妈我是不当的,但是我可以当小油瓶的老师或朋友。我要指着大山下的那些形状各异的小石头对这些"小油瓶"说:"看,那就是你们。你们可以自由地长,但得长得快乐,长得开。不要小肚鸡肠,把大山的属性长进你们的生命。""小油瓶"说:"我们要当野马,在野地里疯跑,我们要自由。"我会对他们说:"那么谁喂你们吃马草呢?还是回来当农夫家的家马吧。你下田干活,回来就有马草吃。""小油瓶"若回答:"不干,我们还是要当野马。我们要自由。我们不要农夫喂我们马草,我们自己偷农夫的马草吃。"我不会责备他们。我会说:"好,那你们长大就当艺术家,当诗人,别当律师或者警察。"犹他的大山中有一个角儿,叫"渴死马地点儿"。在那里一群野马跑进壮观的大山,跑上悬崖,卡罗拉多河就在悬崖下,可他们喝不到,渴死了。要自由,要当艺术家或诗人,都是好男人应该有的梦,但是你得准备渴死在"渴死马地点儿",死在大山里。不过你放心,还有我这样的傻女人跟着你一起渴死。

我说了这么多,我知道没有讨男人的好。但是,好女人要么不嫁,要嫁就嫁给像大山一样的男人。要是这样的男人不存在,也没关系,犹他的大山永远存在。好女人可以等,等男人们长成大山。

"银河系"

天上有一个月亮,还有一颗星星。月亮像面小铜鼓,星星像个小铃铛。在这样一个时刻,我突然听懂了树的语言、水的语言、鸟的语言、山川河流的语言。月亮和星星都会说话。语言不再是人的专利(本来也不应该是)。就是人的哲学流到这个丝竹笙箫的热闹中来,也不过是一条清楚一点的小溪,这叫"世界"。

印第安人有一个著名的首领,叫"坐公牛"。他家几代都是部落里的"医师"。"医师"的角色是联络"人"和"大精神"。所以,印第安人说:"坐公牛"能懂野牛和麋鹿的语言。在狩猎开始之前,"坐公牛"都要先去和动物谈话,请它们原谅那不得已即将发生的杀戮。这样,野牛就不会对人太生气。我当年读到这一段的时候,嘿嘿一笑。觉得那是神话故事,哪有这种好事?但是,当我突然听懂了自然的声音之后,我觉得:若听不懂或听不见这样声音,其实还没把人性完全活出来。迟早有一天,哪怕是等到生命的最后一天,人也是一定要听懂这样的声音的。这种语言是纯正的生命。这种语言说的是生命的意义。

教我听懂树的语言、水的语言、鸟的语言的是"银河系",我们家的金毛牧羊犬。他在一个"月亮像面小铜鼓,星星像个小铃铛"的夜晚死了。十岁。他教了我十年。我这个不太笨的学生,在十年后懂了。我说的不是顿悟,也不是启蒙,是"懂了"。

"银河系"刚来的时候,三个星期。毛茸茸的,像个小绣球。鼻子一点黑,翘在脸上,像个小黑莓。一副标准狗崽的样子。因为他个子小,我们都希望他大,儿子就给他取了个奇大无比的名字:"银河系"。没想到他居然就越长越大,大得像个小狮子。这么大的狗,应该做一点惊天动地的事才对。我希望哪天"银河系"能冲进火海,救出一个邻居的小孩;或跳进跳出,追拿一个毒犯,当一回狗中豪杰。可我们"银河系"十年里一件惊天动地的事也没干过。人家就是这么自得其乐地活了十年。认认真真地嗅每一泡其他狗尿在树根上的臭尿,再认认真真抬起后腿,在上面尿上一泡自己的。

有一天,"银河系"在野地里玩,突然来了两个陌生人,向我们家走来,"银河系"立刻狠起来,气呼呼地对着陌生人吼叫。其中一个陌生人,捡起地上一只皮球一扔。"银河系"立刻欢天喜地,把球给抓回来,摇着尾巴,和人家成了"多年不见"的老朋友。在它的天性里,没有"仇恨"的基因。所有的不满都可以一笑泯恩仇,全世界都是好人。在这一点上,人是不如狗的,在我们的语言里"信任"是要经过考验的。买一斤鸡蛋也得担心卖鸡蛋的老头是不是只给了七两。这是一种腐败。在互相"信任"的问题上,我们人腐败得非常厉害。若一个陌生人向我们扔来一只球,我们一定先怀疑那是不是一颗定时炸弹或一只臭皮鞋。如果,我们不这么警惕,那我们就要被骗,被耍,被欺负。对同类如此地戒备,是我们不快乐的原因。我们还以为我们聪明,我们进化了。在这一德行上,我们人其实是退化到了很糟糕的地步。所以我们活得累。

"银河系"死前一个星期，最大的乐事就是趴在草地上，或趴在露台上看他脚下的那条快乐的小河。眼睛里全是故事，又全是安宁。能带着这样的眼神去死，是活出了生命。人恐怕是难以做到的。诗人路也看过"银河系"的眼睛，她说：那样的眼神叫"善良"。我们人也喜欢"善良"这个德行。我们做好事，听到别人赞扬，我们就觉得我们是好人。也许，我们真是。可是，我敢保证：没有一个人能有"银河系"那样的纯正的善良意志。他的十年，明明白白地告诉我："优胜劣汰，生存竞争"不是一条好原则，也不是普遍真理。狗不喜欢，人也不应该喜欢。一个物种（民族也一样）不应该靠灭掉另一个物种（文化）来生存。当世界被一个物种独霸时，就是这个盛极一世的物种毁灭之时。

　　"银河系"七岁的时候，家里来了狗弟弟和狗妹妹。弟弟和妹妹是两个小绒球，"银河系"一开始并没有把他们当狗待。对他们爱理不理。这两个小东西却稀里糊涂地把"银河系"当作他们的爹。睡觉要睡在"银河系"的肚皮上。"银河系"以他的好性情，把肚皮让给了两个小家伙。到弟弟妹妹的个子长到和"银河系"一样大了，他们依然要睡在"银河系"的肚皮上。只好轮流睡了。每到吃饭，各人一份。但只要有小家伙来"银河系"碗里蹭饭，"银河系"立刻就不吃了。趴在一边，笑眯眯地看，就像看儿女吃饭一样。在这一点上,我们人说的"爱其亲""爱其子"大概也就是这样了。只不过,我们的爱有时还未必都能这么广博,对天上掉下的孩子也能视如己出。

狗是会笑的。信不信由你。有一次,我们到印第安保留区去服务,四天没在家,除了有人每天来喂他们,弟弟妹妹就全交给了"银河系"。"银河系"凭着他对所有人的信任,耐耐心心地等待着。那四天,不知道他们是怎么过的。等我们回到家,"银河系"大嘴一张,笑得就像一朵金银花。弟弟脖子上弄了一团烂泥,我拿了毛巾给弟弟擦。"银河系"把我手一顶,要自己舔。然后,坐在一边看弟弟妹妹和我们亲热。一脸完璧归赵的神气。弟弟妹妹对"银河系"也是热爱不已。他们可能比我们更早感觉到"银河系"病了。"银河系"住院的那一天,他们拒绝吃早饭。"银河系"回来了,他们高兴地欢天喜地。"银河系"病着,他们这个过来在他脸上舔一下, 那个过来在他脸上舔一下,一个靠着他的肚皮,一个贴着他的屁股。企图用他们小小的动物魔术来救"银河系"。"银河系"是在车上死的。两个小家伙下了车就坐在车尾等着,等着车箱盖突然打开,"银河系"从里面蹦下来。"动物人道会"的人来拖走"银河系"的时候,他俩突然变成小疯子。又吼又叫,坚决不让。这三只狗,没有一个"人格分裂",肚子里是什么情绪,脸上就表现出什么情绪。笑,伤感,发毛,都是真情。他们的语言简单，那是因为他们不需要复杂。我们人其实也不需要那么心思复杂，机关算尽。我们也可以只活出一个统一的"人格"。"人格分裂"使我们笑不能开怀，气不能直抒。我们可以当个"社会人""上流人"，但我们活得未必有狗清纯。我们的"人格分裂"是被我们自己训练出来的。这种悲哀在人的骨髓里。这恐怕就是为什么诗人狄金森宣布："狗是绅士，我希望到狗的天堂，而不是去人的。"

"银河系"还是一个游泳健将，一到夏天，能一连几个小时站在水里，只露出一个头，等有小船划过来，他就突然大叫，叫船上的人东找西找，也看不见一只狗，最后发现一只狗头，哈哈大笑地划远了。这是"银河系"百玩不厌的游戏。"银河系"是一只快乐的狗。他还喜欢划船，有一次，不等我们准备好，他就自己跳上船去。那天风大，船就跑了，跑得还很快，顺流而下。我们先还笑，觉得一条狗自己就驾船走了，是件滑稽事。等船漂远了，这才想起来"银河系"不会划船。赶快去拖另一只船下河去追，这才发现，所有的桨都在"银河系"那只船上。

那次，我们是把他追回来了，人家一脸泰然自若，不懂我们这些人慌什么。这次，他又一个人驾船到彼岸去了。到世界的彼岸去了。他临走的时候说："一切都好，都有意义，彼岸也是一个伟大的去处，只要你能懂那里的语言。"

春天的大地上,突然冒出一朵小黄花,那是彼岸世界吐出来的一个小字。美和善的根相系着,伸过两界,彼此相通。"银河系"是我们家一个能通万物语言的小孩子。从他的天性里,我学到了很多。每每和"银河系"相比,我多有惭愧。除了善良,他不要别的。他爱我们远远超过爱他自己。一只善良的狗担待得起所有的爱。在他的小墓碑上,我们写了这样一句话:"德行的圣者,来了,走了,没有带任何行囊,唯有善良意志。"

也许,人把自己的位置放得太高了,自封"万物之灵"。低下头来一看,我们不过是自然中的一种声音,唱得还不是最好听的曲子。在银河系里人很小很小,还有很多地方未进化到狗的水平。

描述巴黎

巴黎像坐在太阳底下的仙人，她对着灰色的老街，喝着咖啡，品味着自由的日子。有穿蓝衣服的男孩和穿米黄色短裙女孩，就在大路口亲吻，好像蓝天白云都是属于他们的。还有穿咖啡色衣服的老头和穿红裙子的老太太，也在大路口亲吻，好像所有的日子都是属于他们的。不管是周末还是周日，人们都坐在路边的小咖啡店或酒吧里聊天，好像不用上班。人性，在每一个角落里都被活到了极致。和巴黎人比，活在美国的人太忙。

在巴黎，每一块砖缝里写的都是历史。让我觉得，开一扇窗，对面那扇铜钟色的大门里，走出来的人就有可能是雨果（Victor Hugo）或者达利（Dali）。所有的脚步，在这里都得自动慢下来。现代，算什么呢?通往雨果旧居的那一路拱形的梁柱早把善和恶的本性说清楚了："善和恶可以同时咬着一片面包，善吻它，恶咬它。"走在达利走过的石头路上，一路向上，到艺术家广场，谁知道在

描述巴黎

巴黎呀巴黎，你永远走着自己的步伐。

时间·诗

回头一看，
生命的好诗原来是"时间"酿出来的米酒。

那些无名之辈中会不会又有几个毕加索？反正,山下那一片海洋一样的房子,都成了达利笔下蓝色的海和女人翻动的蓝裙子。美,可以蓝得如此纯正。人们至今还在达利餐馆吃着鱼。

在巴士底狱(Bastille)的旧址上,我看见一根高大的绿柱子,柱子顶上是一个小小的"自由精神之神"。这个"自由之神"让我想到我们的许多次关于"自由"的讨论。也许,不同的语言可以对"自由"下出不同的定义。在巴黎的"自由"是一种自信地从空中俯视人生的艺术品。

罗浮宫应该是巴黎之最了。和缩在一大片西不西、中不中的高楼里的北京故宫相比,罗浮宫是一大篇西方文明史,而故宫却是一页东方文明遗址。和巴黎人相比,我们根本就不爱惜自己的文化,以为把自己的毁了,建成别人家的模样,别人就会承认和尊重你。却不知巴黎正是以它的不变和爱惜自己成为巴黎,得到尊重。就是巴黎的地铁站和陈旧的老火车,说的也是和罗浮宫同样纯正的法语。人像谷子一样拥进四通八达的老火车,又在不同的历史关口,从老火车里被倒了出来,奔向各自的生活。

我以为,巴黎的生活是一种喧哗和热烈,可我带来的所有色彩绚丽的衣服都和它不配。巴黎的服饰是简单而美。一粒有黑白条纹的纽扣,就能做一枚戒指。原来,文化像水,当它浸漫到每一个角落的时候,我们叫它"古老"或者"文明"。而这个文明必须说着自己独立的语言,并且,以这种语言为骄傲。你绝不可以想象每个法国父母和老师逼着自己孩子,从幼儿园起就学英文的情形。

我不知道这样描述"巴黎"对不对。反正,这里的文化和和平让人无法想象:人类会有战争。当我在凯旋门上读到:"巴黎,愤怒了!"我不能想象它愤怒的样子。而那些刻在凯旋门上的英雄战士的名字,让我想起的却是一句美国军人的歌词:你牺牲了你的生命,所以,我可以活着。在二次大战中,伦敦被炸,柏林被炸,巴黎没有。当我走到埃菲尔铁塔(Eiffel),看见许多人在喷泉里玩水,自得其乐。我想到D-Day。希望快乐的人们能记住勇敢的Easy Company(诺曼底登陆前的美国空降兵)和死在奥马哈海滩Omaha Beach上的士兵。人们应该重新定义"胜利"。"胜利"不应该是谁打败了谁。"胜利"是再也没有战争。不然,我们不能用"胜利"这个词。如果这个世界今天这里不打了,明天却又在那里打起来,这只能叫"暂时停火"。

而巴黎人,却把"暂时停火"阶段过得如此脚踏实地。

最后,我要讲的就是吃法国饭。那天,我开了一天会。读了我的论文,当了一个会场主席。讨论也很好。晚上,巴黎高级社会科学研究院请我们吃法国饭。我们晚上六点半就准备好了，可法国餐馆晚上七点半才开门。等我们终于坐在餐馆里了，那也只是从站着等变成了坐着等，等到九点半才上菜。到上甜点的时候，已经是夜里十一点了。一顿饭，从晚上七点半吃到半夜十一点半，这真是"法国饭"。

巴黎呀巴黎，你永远走着自己的步伐。

时间·诗

　　秋天年年都来。秋天的鸟和夏天的鸟比，文静多了。黑白的还是黑白，红头的还是红头，只不过黑白的展开翅膀，白白的肚子不像夏天那么挺，燕尾服一样的尾巴，似乎也不翘那么高了。红头的还是喜欢唱，在橘红色和金黄色的叶子之间跳来跳去，歌词的颜色从碧绿变成了稻谷和小麦的颜色。鸟儿飞起来的姿势依然快乐、跳跃；路线是直线或者急转弯。翅膀快速扇动，一闪而过，写在空中的都是诗。先锋，朦胧，美。河里流着的也是诗，落叶重新圈点了桃花水，从浅黄到深黄，顺着千百个三角形的小波纹一路流下来，那是一首题目叫《雁阵惊寒》的诗，古典派、苍凉美。枫树和栎树从红到深红再到火红，阳光一照，冰糖葫芦化了，红颜色染红了空气和水，大粗笔从树梢一直涂抹到河心。写出的也是一首诗，竖排版的《枫林晚》。一年的生命，在秋天中都变成了诗。

　　这时候，你实在不能不承认"禅"的意境是一种智慧。把时间分行、分段、分成瞬间，每一行都有意境，每一瞬间都美。这不就是诗吗？能有这样一个生命，就没白活。我们整天忙，突然有一个秋天的下晚，我们想停下来一下，回头看一眼。看我们是不是白活了。那是我们想回头找"诗"了。我们走过生命的时候，并不介意事件，我们想的是：走到一个更高处，把生命的意义活出来，一个一个事件是我们的阶梯，踩着这些事件，我们有了家，有了事业，有了成功。可当我们回头看生命的时候，我们看到的却全是事件，一些芝麻绿豆大的事件，脚印一样在我们身后，和我们的升迁无关，和我们的发达无关，却又确确实实和我们分不开。"禅"又对了：生命就是一个一个时刻，时间由事件标志出来。时间由事件定义。

倘若没那一件一件小事，生命的树就没有叶子。时间就无法显示其存在。太阳在东边的时候是早晨，太阳到头顶了叫中午。就是四季也是地球在空间里转出来的四个事件。时间原来也可以像粒子，是用光粒子在空间中的运动来衡量的。这下好懂了，生命跳进了一个装满粒子的海洋，如同小孩子跳进了装满泡沫塑料球的大池子，跌跌爬爬，却好玩，好笑。随便抓起一个球，不是自己的滑稽事，就是人家的滑稽事。这就是生命的乐趣："而那过去的，就会变成亲切的怀念。"（普希金）

我说我会爬树。这实在不是一件能成诗的事。可我真的会爬树。在我所住的那个村落里，每棵树都被我征服过。我曾经断言：这个世界上就没有我爬不上去的树。我还爬电线杆子，这更上不了诗。但我发现在下毛毛雨的天气爬电线杆子，是一件比爬树还让人兴奋的事。因为，那钢筋混凝土做的电线杆子不滑了。我可以轻而易举地爬到顶。一伸手就能碰到电线。就在这时候，下面有个老太太对着我大呼小叫，像是天塌下来了。我大摇大摆从电线杆子上溜下来，又大摇大摆走回家，一回家，挨了我外婆一顿好打。那老太太告了我一个刁状。那顿好打现在想起来，就成一顿好笑。

我说我们小学老师总是念错别字，凡她不认识的字儿，就一律教我们念偏旁。可惜，我们都是聪明人，老师一念错，就有一个好为人师的聪明男生毫不留情地给指点出来。这个故事当然也上不了诗。但是多少年后，突然发现，我们居然还能把"廖沫沙"读成"廖末少"，把"邓拓"读成"邓石"。这样的快乐实在是幽默。

我说我小时候养尽了天下的动物。没人说这是诗，定说我是吹牛。但我还真是养尽了天下的飞禽走兽，并且爱它们爱得要死要活。我先养了两只鸡，都是黄种土鸡，一只取名叫"赛凤"，一只取名叫"赛凰"，从小养到大，随你叫什么"咯咯咯""嘓嘓嘓"之类，她们都理也不理。一叫"赛凤""赛凰"，她们就飞奔而来。后来，我又养过一只狗，是我弟弟从溧阳农村抱回来的一只小土狗，我第一天看见它，它坐在我爸的大棉鞋里，小黑眼睛里是一副当家做主的神情，我们给它取名叫"赛虎"。后来，我又养成了一只乌龟，养了十年，取名叫"赛龙"。在这期间，我们家又来了一只猫，黑白猫，圆脸，聪明绝顶。猫来的最晚，飞禽走兽都有赛完了，不知再赛什么。全家人动脑筋，最后取名"赛尽"。"赛尽"这个名字取得无比得好。我在老师讲《资本论》的时候，把这名字，及其典故写在纸条上，传给两个女同学看。结果，纸条被老师没收了。那位一本正经的《资本论》老师读了纸条后，满腔愤怒地问："'赛尽'？'赛尽'是什么？垄断资本呀！"当时不敢笑，现在想起来，却真是好笑。

"禅"说：回头一看，什么是生命？生命就是一场好的大笑。

我对"禅"是门外汉，也没有参禅悟道的企图。但是"禅"的智慧和审美让人不得不喜欢。生命的好，在枝盛叶茂。人在还没有活过的地方是无能为力的，人最多只能懂自己活过的事件。换一句话说：人对未知的选择全是冒险，选和不选区别不大，50%对50%。但如果谁有运气，把每个事件都活出一声"好的笑"来，就品到了一些不可名状的美感。我想，那样的生命是好的。"禅"说："一个真正的艺术品，没有企图，没有目的"（D.T. Suzuki

（1870-1966））。把生命活到极致，生命不过就是一个真正的艺术品，没有目的，没有功利，没有价格。只有美感。

回头一看，生命的好诗原来是"时间"酿出来的米酒。米，可以是整米，也可以是碎米。

阳光、清风、音乐

我原来以为生活只有一种过法,中国过法。后来,我以为生活有两种过法,中国过法和西方过法。现在,我觉得生活可以有数不清的过法。只要幸福的要素像小雨点一样洒在大大小小的生活中。有阳光、清风和音乐,生活就可以叫"幸福的日子"。

关于阳光,因为太熟悉了,人们常常会走在阳光下,反而忘记了没有阳光我们的心就会灰秃秃的。因为阳光不功利,再功利的人在阳光面前也束手无策。黄金跟金色的阳光对话的时候,就像商人和空气在对话。黄金说的是人欲,阳光说的是天理。黄金闪着庆幸的小眼睛,阳光闪着大道不言。

我到多米尼加第一天,普兹医生领我去看一群瞎子和对眼。一群不是一小群,是一千个瞎子和对眼。普兹医生说:他是牙医。今天不用工作。病人太多,所有的诊室都让给眼科医生用了。所以,他可以领我到处转转。眼科医生从美国和加拿大来为穷人服务。普兹医生从德国来。他抱怨说:你看这么多小孩子对眼,就是因为缺少一些维生素。拉着眼球的两根神经变得一根松一根紧。眼睛就对上了。这个国家太穷啦。

我第一天就认识到:多米尼加有无限多的金色阳光,却缺少一些维生素。穷。但是我不懂:这里的人为什么能活得很快乐。

不仅缺少维生素,多米尼加还缺少交通规则。普兹医生说:他来的第一天,就撞了两个骑摩托车的当地男人。现在还官司在身。他得了两个选择:一是公了,把护照交给警察,等着开庭判案。二是私了,和受伤的两个人谈价钱。赔钱。普兹医生选了赔钱。

普兹医生很有钱。他说:他一辈子勤奋工作,挣了很多钱。等钱多到再也不需要工作了,他还在工作。他工作、工作、工作。他的钱就在银行、股市里长呀长呀。好像跟他的生命无关,就那么自动长起来了,长成大树,长成大河。突然,有一天,他对自己说:我疯啦? 整天不见天日,在我的牙科诊所里低着头忙。太阳长什么样子都忘记了。为什么呀? 难道就为了供那些与我无关的钱在银行、股市疯长?于是,他决定退休,不干了。他要搞清楚太阳长什么样子,阳光到底是水还是蜂蜜。

普兹医生退休后,带着妻子周游世界。坐着豪华游轮,住着高级宾馆,躺在金海滩上做日光浴。这是生活呀!普兹医生想:原来外面的世界比牙科诊所里的世界美得多。沙滩上的金沙和金沙一样的阳光,原来都是可以属于他的。普兹医生很幸福。

普兹医生和太太这样潇洒浪漫地玩了三年。无忧无虑。突然,有一天,他想就这么无忧无虑地过到死,那我像不像一个专业制造粪便的机器?到死一来,我就像被一个恶魔捉弄了一辈子,结果,什么也没得到,什么也没留住。机器一停,一切就结束在制造粪便的机器上。

这样一想,普兹医生就不幸福了。不仅不幸福,而且非常不幸福。阳光和昨天一样洒在他成了棕色的健康肌体上。他感觉他辱没了这些好阳光。虽然,明天他还可以再躺在海滩上晒太阳。可没人需要他身怀的绝技了。他在这里晒太阳,只有一个目的:等死。

这下,普兹医生从沙滩上跳起来了。挣钱没意思,等死更没意思。普兹医生带着太太回到德国。捐钱给这个组织,捐钱给那个组织,就想为人民服务。普兹医生捐了四万欧元,成了慈善组织的志愿服务牙医,被派到多米尼加来为这里的穷人服务。忙的时候一天给五十多个付不起医疗费的病人补牙、动手术。

多米尼加的好太阳在牙医诊所的屋顶上照耀着,普兹医生头上戴着牙医用的小电池灯,低着头,给一些小小的、不重要的地方创造一些小阳光。原来他自己也可以当个小太阳。普兹医生对我说：原来，被人需要是幸福感的一部分。

那些美国和加拿大来的眼科医生，疯狂地工作了四天，全回去了，如同一阵清风。吹走了白内障，吹走了对眼，自己也消失得无影无踪。人们看见阳光之后，清风的脚印就留在人心里一些软软的地方。

普兹医生自愿工作三个月，没走。普兹医生虽然有了幸福感，但是，也有一身富人毛病。给人看牙的时候，他就是个牙医。用职业医生的态度对所有病人。和和气气，像个圣诞老人。给人礼物的感觉很好，像是把一些对穷孩子的不公平摆平了。这是他幸福生活的组成部分。可一出诊所，他就还原成普兹。"医生"没了。他就抱怨，他抱怨街上的下水道里全是垃圾，他抱怨当地人牙蛀了不补，来找他的病人就叫他拔牙。拔牙，那算什么本事，太让他大材小用。他抱怨明天要进山里去。却既没有护士，也没有助手。他说："这让我怎么工作？"

我很同情普兹医生，替他打抱不平："怎么连个护士都不给您配？"他说："因为找医院的正式护士得花钱。慈善组织说：要护士你自己花钱雇吧。"我更同情普兹医生，他捐了钱来做义工，还要自己花钱雇护士？我就自告奋勇说："我教课时间都是在晚上，我可以跟您一起进山服务,给您当护士。"他说:"你怎么行? 你没经过职业学校训练。在德国,我让你当护士我就犯法啦。"我说:"这不是不在德国吗? 你训练我一下不就行了。我哲学都学会了,护士能比哲学难吗?"他说:"关于哲学,我跟你约定时间,下周六下午四点,在餐厅会见。我跟你专门谈哲学。护士你是绝不能当的,你没有执照,我也不想一回德国就被逮捕。"

普兹医生把自己的车停着不开,花了一千美元雇了一个专门开山路的司机和一个护士,到山里去为人民服务了。他坚决不吃山里人给他做的饭,坚决不睡山里人给他准备的房间。早上走,到夜里12点钟才从山里回来。看见我还没睡觉,就拉着我听他抱怨、发脾气。他说:下个星期六下午四点一定要跟我谈哲学。他还说这件事情很重要,他一定要搞懂。为什么他花钱雇的护士根本没有执照? 不但没有执照连英文也听不懂,就会唱歌唱个不停。吵得他头痛了一天。而他花钱雇的司机更是了不得,把车在山路上开得像自杀飞机,差点把他给撞死。而他,怎么能吃山里人做的饭呢? 山里人就在院子里捉了一只鸡,在他眼皮底下杀了。他的饭就是那只鸡。山里人的床也不是能睡的。他不知道上面有没有跳蚤。而他,在山上一整天,一个病人也没看成。牙椅带钻子的胳膊坏了。他当了一天机械工,把牙椅的胳膊拆了,修钻子。到了晚上钻子才转。他给耐心等着没走的最后一个病人补牙,他开着钻子,叫那没执照的"护士"往病牙上浇水冷却。"护士"把水浇进病人的鼻子里,病人还不跳起来跑啦……

总之,普兹医生被人需要的幸福感全给这些没有章法的笨蛋给破坏了。要不是因为相信上帝,他再也不想到那些除了清风,啥也没有的山里去了。人们既然需要他,为什么不按他说的做? 他对女护士大吼一声:别唱啦! 快乐的女护士戛然而止。这是他一整天唯一做成的事情。不是因为他是医生,是因为他是男人。这里的女人听男人的。

这时候,我和普兹医生的谈话进入了"活法问题"探讨。

我说:我觉得多米尼加的男人很"男人"。我和学生坐"瓜瓜"(一种没门的小交通车)到乡下去参加"民工正义权力协会"的活动。"瓜瓜"里挤得人坐在人腿上。可车里人还是高高兴兴地笑个不停,好像清风一吹,大家就是亲戚,男人护着女人上下车。普兹医生直摇头:"那样的车,我是绝不会坐的。"富人的神情就显在脸上。

我就不再说了。

过了一会儿,他又忍不住好奇,问:"你们到乡下都干了些什么? "我说:"去支持当地的非法民工要求孩子的受教育权。我们的大学生给民工家上不了学的孩子上课。"普兹医生说："街上到处挂着市长竞选的招牌，市长干什么吃啦？"普兹医生提的这个问题，也是我一直在想的问题。多米尼加共和国不是民主制吗？怎么会还这么穷，还有这么多不公正？

这个问题，我想了一晚。我想到：富人普兹医生，光有钱还是不幸福，要付钱来为穷人服务，寻找自己生命的价值。再看多米尼加，民主社会并没有让这个国家的人民都成富人。就是说：民主并不一定能保证发财富裕。而幸福，则是不管穷人还是富人都想要的。那么，幸福的要素还应该有些什么呢？为什么苏格拉底说：情愿在一个民主国家受穷，也不到一个专制国家过生活？

第二天，普兹医生又来问我们到乡下去的情况。我就给他看了那些非法民工住的棚子和坐在棚子外没学上的孩子的照片。那些棚子是木棍和芭蕉叶子搭的，一张床大。一家人住在里面，那是怎么样的活法？普兹医生不能想象。不过他说："住在这样棚子里的乡下穷人一定爱吃糖。吃糖让人高兴。看看，他们给小孩子吃了多少糖，小孩子牙坏得多厉害。"

普兹医生决定：下次跟我一起去乡下看看。除了看牙，他想认识认识那些在乡下为非法民工的孩子声张受教育权的多米尼加平民。伸张正义难道也是幸福的一种要素?

我就想:普兹医生就是一个人。有一身毛病,不过比那些没心没肺只管捞钱的贪官不知要可爱多少倍。民主制也不过就是一种人想出来的制度,它不可能成仙制,没有毛病。但是它门开一路,让各色人等去寻找正义和公平。正义和公平不是发财的概念,却也得存在于人的幸福要素里。公平和正义像清风一样,天凉爽的时候不觉得,天太热了,人们就盼着它来。要不然,穷的时候不幸福,富了还是不幸福。因为,寻找正义和公平其实也是寻找生命的价值,只不过不光是我自己的,还有他人的。穷人和富人都愿意感受些许清风。

星期六的空气里,除了阳光、清风,还多出了许许多多快乐的人声。从一大早起,当地的男男女女就在院子里和街道上唱歌,放音乐。音乐震天价响,恨不能把星期六塞成一个装满快乐歌声的面口袋。贫穷是可以忘记的。我和普兹医生约定的谈哲学的时间到了。

下午四点,普兹医生准时来到餐厅。他说:"我做了准备。我要告诉你我妈妈。"这让我很吃惊,原来普兹医生并不是要谈形而上,而是要谈形而下。

普兹医生说:"我妈不去教堂,但她再困难也能平静快乐,一辈子总是在帮助人,大家都喜欢她。我五十岁的时候,我妈九十岁了。我在海边订了一间豪华酒店,把我妈带过去,跟她谈她的葬礼。我妈说:儿子,你可以当我的葬礼的致辞人。我说:可是我不知道该怎么说您的一生呀。这太难啦。我妈给了我一句话。她说这句话她实行了一生,她当然不是一生无瑕,但这句话在她做困难决定的时候救过她很多次,让她现在能说:她过了幸福的一生。"普兹医生拿出一个小笔记本,他说:"我不想把这句话翻译错了。我把每一个字都翻译成英文,写下来给你看。"普兹医生递过他的小本子,那一页上写了一句德文,每个德文字下写着英文字。那句话是:

"在我头上,是清明的星空,在我心中,是道德的法则。"(康德)

人不是上帝,只能做到这么多。阳光、清风和音乐,人的活法各种各样,这句话说的意思也许就像一些重音符,沉淀在各种幸福活法之中。

幸福的活法原来可以是这样的。